W0365201

OFFENBARUNGSEID

JAN OFF

OFFENBARUNGSEID

RARE ALTLASTEN AUS DEM OFF

ventil

Jan Off: Geb. im Jahre des Herrn 1967
in Nowosibirsk; Mitglied im Vereinsvorstand
von Traktor Tscheljabinsk; Bachmannpreis-
träger der Herzen; zurzeit in Hamburg
ansässig.

www.jan-off.org

1. Auflage 2010
ISBN 978-3-931555-55-9

Layout/Satz: Oliver Schmitt
Cover unter Verwendung eines Fotos
von Lucja Romanowska
Druck: Gemi s.r.o., Prag

Ventil Verlag
Augustinerstraße 18, 55116 Mainz
www.ventil-verlag.de

INHALT

KIM IL SUNGS DRAHTIGES SCHAMHAAR AUF DER JAGD NACH DEM PAUSENBROT DEINER KLEINEN SCHWESTER

Keine Frage, wenn das Verlangen der Souvenir- und Schnäppchenjäger nach einem vergriffenen Buch stetig ansteigt, muss das Werk früher oder später neu aufgelegt werden. Im Falle meines 1998 erschienen Kurzgeschichtenbandes »Köfte« gaben letztlich aber nicht die entfesselten, »Meatballs! Meatballs!« skandierenden Fanmassen den Ausschlag, sondern die Tatsache, dass beim Internet-Giganten *Amazon* erste Gebraucht-Exemplare für horrende 39,99 € auftauchten. Hätte ich selber noch gebunkerte hundert Stück im Keller gehabt, wäre dieser Wucher natürlich zu begrüßen gewesen. Dummerweise aber hatte ich die letzten mir verbliebenen »Köfte« bis auf zwei trostlose, mit allerlei Eselsohren und Kaffeeflecken versehene Monolithen verschenkt, verlost oder in *Hoschis Bierbasar* gegen Branntwein, Kippen und Rubbellose eingetauscht. Demgemäß stand schnell fest: Den schmutzigen Geschäftemachern musste das Handwerk gelegt werden!

Nun war »Köfte« mit seinen gerade mal 85 Seiten allerdings stets zu dünn, ja nachgerade bulimisch dahergekommen. Und so bot es sich nicht nur an, sondern war vielmehr Verpflichtung, der extended Neuauflage gleich noch die besten Texte aus den Vorläuferbänden »Getrockneter Samen im Haar eurer Mütter« und »Affenjagd mit Kim Il Sung« beizumischen.

Gern hätte ich auch noch ein oder zwei der allerersten jemals von mir geschriebenen Storys dazugepackt. Die hatten zwar einen geradezu unterirdischen Unterhaltungswert und lasen sich in ihrer Schlichtheit eher wie Inhaltsangaben von

Kurzgeschichten, wären aber sicher geeignet gewesen, dem einen oder anderen Nachwuchsautoren unter meinen Lesern Mut für eigene Veröffentlichungen zu machen. Leider sind diese Belege mangelnden Genies samt und sonders verschollen, sodass mir nichts anderes übrig bleibt, als den einzigen, an den ich mich überhaupt noch erinnere, aus dem Gedächtnis zu zitieren. Der Text trug den Titel »Rosinen-Bombe« und sollte auf die Gefahren unüberlegter Entwicklungshilfe hinweisen: Ein hungerndes Dorf in einem namenlosen Land auf einem nicht benannten Kontinent wartet seit Wochen auf den Abwurf von Lebensmitteln. Als das entsprechende Flugzeug endlich am Himmel erscheint, sprintet die Dorfjugend in Richtung der Abwurfstelle, um den Schnellsten aus ihren Reihen zu ermitteln. Dabei übersieht der in Führung Liegende eins der herabfallenden Pakete und wird prompt von diesem erschlagen, womit mehr oder weniger subtil darauf hingewiesen werden sollte, dass *echte* Hilfe stets Hilfe zur Selbsthilfe sein muss. (Wesentlich länger war die Urfassung übrigens auch nicht.)

Keine Frage, weitere literaturhistorische Kieselsteine dieser Couleur hätten sicher auch meine Förderer aus den großen Feuilletons der Republik gern gelesen. Um diesen Missstand auszugleichen, gibt es neben drei relativ neuen Texten, die bisher einzig und allein in einem Magazin für Flöten spielende CSU-Wähler mit Gummistiefel-Fetisch zu lesen waren, allerlei Schmankerln aus den verschiedenen Nebenerwerbswelten, in denen sich der gemeine Schriftschaffende für gewöhnlich aufhalten muss – seien es im Auftrag abgewirtschafteter Kollegen verfasste Jubel-Rezensionen oder staatstragende Kolumnen, die die Vorzüge der Zensur zum Inhalt haben.

Apropos Zensur: »Köfte« sollte – so war es zumindest von mir gewünscht – ursprünglich unter dem Titel »Drahtiges Schamhaar auf dem Pausenbrot deiner kleinen Schwester« erscheinen. Ein hehres Unterfangen, dass der Verlag damals erfolgreich zu verhindern wusste. Und auch diesmal haben schnöde Verkaufsinteressen der hohen Kunst die Grenzen aufgezeigt. Mein Vorschlag, das vorliegende Kompendium »AxolOFFl - Kotgrill« zu taufen, wurde ohne eine einzige Gegenstimme abgelehnt. Es ist an euch, hochgeschätzte Kulturfreundinnen und Kulturfreunde, diesem Affront entgegenzuwirken. Verziert eure Jacken mit dem entsprechenden Schriftzug, verteilt selbst gefertigte Sticker, macht Imbissbuden auf, damit »AxolOFFl - Kotgrill« am Ende doch noch den Sieg davon tragen möge! Schließlich ist das Plagiat nichts anderes als die Verbreitung eines klugen Gedankens.

In diesem Sinne: Glück auf!

Jan Off, Eisenhüttenstadt, März 2010

AUS DER TORFSTECHEREI

DAS NACHWUCHSTALENT

Als wir den Zwerg das erste Mal sahen, saß er in der Klabauter-Bar und war gerade dabei, seinem Nebenmann, einem volltrunkenen Hepatitis-Kranken, den Geldbeutel aus der Hosentasche zu ziehen. Die immense Geschicklichkeit, die er dabei an den Tag legte, beeindruckte Zachowiak dermaßen, daß er sich entschloß, den Dieb an unseren Tisch zu bitten.

Der Kleinwüchsige ließ sich nicht lumpen, plazierte seine hundert Zentimeter auf einem Stuhl uns gegenüber und stellte sich vor.

Er heiße *Ignazio Perez* und sei hauptberuflich Finanzjongleur.

Eine Berufsbezeichnung, die mir, nach dem was Zachowiak und ich soeben beobachtet hatten, gut gewählt schien.

Auf die Frage nach seinem Alter gab er Siebenundzwanzig an. Das war ihm keineswegs anzusehen. Mit seinem puppenhaften Gesicht hätte er ebenso gut Sechzehn oder Sechzig sein können. Auch seine Stimme verriet in dieser Hinsicht wenig. Sie war zwar hoch und dünn, glich irgendwie der eines Kindes, besaß aber auch baritonöse Elemente, die eine Einordnung unmöglich machten.

Nachdem wir ein paar Humpen geleert und die Vor- und Nachteile des Zwergendaseins diskutiert hatten, ergab es sich, daß unser Gespräch die Freuden des Fleisches anschnitt.

Für einen Mann seiner Statur sei es mit den Frauen doch gewiß nicht einfach, forschte Zachowiak unseren neuen Bekannten aus, womit er einmal mehr bewies, daß die ihm angediehene Erziehung nur wenig Früchte getragen hatte.

Ignazio Perez zeigte sich über die Frage jedoch in keiner Weise verärgert, im Gegenteil. Er bedachte meinen Cousin und mich mit einem spöttischen Blick. Dann lehnte er sich zurück und sagte, wobei er sich jede Silbe auf der Zunge zergehen ließ:

»Ich kann jede Frau dazu bringen, meinen Schwanz anzufassen.«

Zachowiak und ich sahen uns überrascht an, dann sprach mein Cousin aus, was wir beide dachten.

»Das glaub ich nicht« sagte er, wobei er unser Gegenüber deutlich spüren ließ, daß er ihn für einen Schwindler hielt.

Ignazio Perez nahm die Herausforderung umgehend an.

»Nun, wenn ihr denkt, daß ich euch belüge, werte Freunde, habt ihr doch sicher nichts dagegen, meine Behauptung anhand einer kleinen Wette zu überprüfen ...«, entgegnete er und schickte ein süßliches Lächeln in die Runde.

Zachowiak, dessen Wettleidenschaft ihn, aber auch mich, schon des Öfteren in die Scheiße geritten hatte, stieg sofort darauf ein.

»Ein gute Idee. Wie wär's mit 'nem Blauen?« tönte er vollmundig.

Ignazio Perez nickte bedächtig.

»Nun, ein Blauer erscheint mir akzeptabel«, begann er und machte eine Pause. »Aber Zweihundert wären angemessener. Immerhin *seid* ihr zu zweit.«

Zachowiak sah mich erwartungsvoll an.

Ich ließ mir die Sache durch den Kopf gehen. Ein Hunderter war nicht gerade das, was ich mal eben verzocken konnte. Auf der anderen Seite versprach die Wette, selbst wenn wir sie verlieren sollten, eine beträchtliche Bereicherung unseres Erfahrungshorizontes. Gottergeben gab ich mein Einverständnis.

»Gut, dann laßt uns doch mal seh'n, welche von den Matronen hier in Frage kommt«, ließ sich Zachowiak enthusiastisch vernehmen und begann die uns umgebende Damenwelt nach einer geeigneten Testperson zu durchforsten.

Ignazio winkte lachend ab.

»Nein, nein, heute abend wird das nichts mehr. Meine Methode funktioniert nur bei Tageslicht. Ihr müßt euch schon bis morgen gedulden, hochverehrte Freunde.«

Zachowiak, dem die Enttäuschung deutlich anzusehen war, begann zu protestieren, mußte aber schließlich anerkennen, daß der Zwerg zwar von jeder nur möglichen Frau gesprochen hatte, nicht aber von jedem nur möglichen Zeitpunkt. Am Ende einigten wir uns darauf, die Sache am nächsten Morgen im Stadtpark steigen zu lassen.

Während wir uns also am darauffolgenden Tag zum vereinbarten Treffpunkt aufmachten, besprachen Zachowiak und ich eingehend die Erfolgsaussichten unseres Wettgegners.

»Ich glaube, er schafft's nicht« behauptete mein Cousin.

»Naja, wenn er sich nicht *sicher* wäre, hätte er wohl kaum den Einsatz erhöht«, gab ich zu bedenken.

»Das mag sein, das mag sein. Aber ich kann's mir einfach nicht vorstell'n. Irgend 'ne x-beliebige Frau, die ihm an den Schwanz faßt. *Wie soll das geh'n?*«

»Ja, bei Gott, das ist wirklich ein Rätsel.«

Bei diesen Worten bogen wir in den Park ein, und dann sahen wir ihn auch schon: Ignazio Perez, den Zwergwüchsigen, der von sich behauptete, jeder Frau seinen Gulliver in die Hand drücken zu können.

Er saß auf einer Bank, ließ sich von der Augustsonne bescheinen und grinste uns siegessicher entgegen.

Nachdem wir uns gegenseitig die Fingergelenke gedrückt hatten, wies uns Ignazio an, ihm zu folgen. Wir schlenderten durch den – zu dieser Stunde noch fast leeren – Park, und erst da fiel mir auf, daß unser Begleiter recht merkwürdig gekleidet war. Hatte er am vorherigen Abend in Anzug und Krawatte noch einen gänzlich konservativen Eindruck erweckt, so wirkte er nun eher *gediegen*.

Er trug T-Shirt, kurze Hosen und Sandalen, was angesichts

der herrschenden Temperaturen noch nichts Ungewöhnliches darstellte. Aber die kurzen Ringelsöckchen und das gelbe, mit Motiven aus der *Sesamstraße* bedruckte Shirt ließen sich, selbst mit Wohlwollen, nur als schrill bezeichnen.

Während ich noch über die Gründe für diese Kostümierung rätselte, hielten wir schließlich unweit des Kinderspielplatzes.

Hier ging es bereits lebhafter zu. Auf und unter den Geräten tummelten sich an die zwanzig Blagen, die sich auf die Kreismeisterschaft im Trommelfelleliminieren vorbereiteten. Zachowiak zeigte sich ungehalten.

»Hey, wir hatten von *Frauen* gesprochen, nicht von Kindern!« protestierte er.

Der offensichtliche Sesamstraße-Fan lächelte nur milde. Dann zeigte er auf die am Spielplatzrand sitzenden Mütter und sagte:

»Sucht euch eine aus!«

Wir kamen der Aufforderung nach und ließen unsere Blicke abschätzend über die Reihen properer, junger Frauen gleiten.

»Wir könnten die im Hosenanzug ganz links nehmen«, schlug ich vor und wies mit dem Kopf auf eine Erscheinung, die auf mich den Eindruck machte, als würde sie das männliche Geschlechtsorgan nur zu Fortpflanzungszwecken an sich heranlassen.

»Nein, wir brauchen was Eleganteres«, widersprach mir Zachowiak.

»Wie wär's mit der Dunkelblonden dort drüben?«

Ich folgte seinem Blick und betrachtete die Kandidatin. Sie trug ein gelbes Kostüm, rauchte mit spitzen Fingern eine Zigarette und vertrieb sich die Zeit zwischen den Zügen, indem sie ihren Sprössling mit Ermahnungen malträtierte.

»Iß bitte keinen Sand, Sebastian!« kreischte sie unentwegt, wobei sie die Silben des Namens derart affektiert betonte, daß es mir physischen Ekel bereitete. Ohne zu zögern stimmte ich Zachowiaks Wahl zu. Mit anzusehen, wie diese versnobte

Schnalle den Schwanz des Zwergen in ihren Fingern wog, schien mir in diesem Moment ein unendliches Vergnügen darzustellen, und fast wünschte ich mir, daß wir die Wette verlieren würden.

Ignazio Perez unterbrach meine Gedanken.

»Die Lady im gelben Kostüm also«, sagte er und schnalzte mit der Zunge. »Das dürfte kein großes Problem sein.«

Er bat uns, unsere maroden Körper auf eine etwas abseits stehende Bank zu schleppen und wies uns an, uns möglichst unverdächtig zu benehmen und vor allem alles gut im Auge zu behalten. Dann verschwand er hinter einer Reihe dichter Büsche.

Zachowiak und ich nahmen unsere Plätze ein und warteten.

Als wir uns schon zu fragen begannen, ob der Zwerg vielleicht Zweifel am Gelingen seines Vorhabens bekommen und das Weite gesucht hatte, tauchte er wieder auf. Er näherte sich den Müttern mit kurzen, tippelnden Schritten, wobei er es irgendwie fertigbrachte noch kleiner zu erscheinen als ohnehin schon. Als er unsere Testperson erreicht hatte, verharrte er einen Moment und fing dann jäh an zu schluchzen. Mit einem Mal wurde mir klar, warum Ignazio Perez sich so wunderlich verkleidet hatte. Er versuchte ein Kind zu mimen. Und tatsächlich, kaum daß die Gelbkostümierte ihm den Kopf zugewandt hatte, legte er los.

»Pipi!« greinte er aus Leibeskräften. »Muß Pipi machen!«

Die Dunkelblonde schluckte den Köder, wie ein ausgehungerter Seehecht.

»Ja ... aber ... wo ist denn deine Mutter?« fragte sie erstaunt und sah sich hilfesuchend um.

Ignazio Perez ließ sich durch die Frage nicht beirren.

»Muß Pipi machen! Schnell!« krakeelte er und sorgte dafür, daß sich das Erstaunen der Dunkelblonden in Ärger verwandelte.

»Aber du mußt doch eine Mutter haben. Zu irgendwem mußt du doch gehören« ließ sie sich entnervt vernehmen.

Als sie statt einer Antwort nur erneute Hilferufe erhielt, wandte sie sich an die Umsitzenden.

»Wer bitte ist denn für dieses Kind verantwortlich?« wollte sie wissen, wobei ihre Stimme erste Anzeichen von Hysterie aufwies.

Die Reaktionen der anderen Mütter waren nicht dazu angetan, für Beruhigung zu sorgen. Zwar wurden eine ganze Reihe mitleidiger Blicke ausgetauscht, zuständig sein wollte aber keine.

Ignazio Perez hatte unterdessen seine Bemühungen verstärkt. Er kreischte wie ein Tobsüchtiger und ließ Tränenbäche über sein rotangelaufenes Gesicht rinnen. Angesichts der prekären Lage und dem Umstand, sich im Zentrum allgemeiner Aufmerksamkeit zu befinden, blieb der Gelbkostümierten schließlich nichts anderes übrig, als dem Ansinnen des Zwerges Folge zu leisten. Sie erhob sich, nahm das vermeintliche Kind angewidert bei der Hand und führte es ein Stück vom Spielplatz weg, wobei es Ignazio gelang, sie geschickt in unsere Richtung zu lotsen.

Als das entscheidende Ereignis seinen Lauf nahm, hatten Zachowiak und ich also einen ausgezeichneten Blick. Wir hielten die Köpfe zwar diskret gesenkt, verfolgten das Geschehen nichtsdestotrotz mit Argusaugen.

»Na, nun ist ja gut. Gib endlich Ruhe!« versuchte die Dunkelblonde den immer noch schluchzenden Zwerg zu beruhigen.

Dann begann sie ihm die Hose aufzuknöpfen. Ich hielt den Atem an, während Zachowiak vergeblich versuchte, sich das Lachen zu verkneifen.

Als die Dunkelblonde sich daran machte Hose und Slip in einem Schwung nach unten zu zerren, war es auch um meine Selbstbeherrschung geschehen. Das unbekümmerte Gesicht des Zwergen, der das Ganze scheinbar unbeteiligt über sich ergehen ließ und die fahrigen, deutlich Ekel und Verärgerung zum Ausdruck bringenden Bewegungen der Bürgerin waren des Guten einfach zuviel.

Als der Vorhang - sprich: die Unterhose - endlich fiel und ein durchschnittlich gestaltetes Männergehänge samt Schambehaarung präsentierte, rangen Zachowiak und ich bereits nach Luft. Die Reaktion der Gelbkostümierten vermochte unsere Heiterkeit allerdings noch zu steigern.

Nach einem Moment der Verblüffung schnellte sie zurück, als hätte sie einen Pestkranken berührt. Dann stieß sie einen hohen Schrei aus, dem sie eine ganze Reihe übelster Verwünschungen folgen ließ.

»Du Bestie!« brüllte sie. »Du verkommener kleiner Scheißer! Wenn ich dich hier noch mal erwische, *reiß ich ihn dir ab*!!«

Ignazio Perez kümmerte diese Drohung nicht sonderlich. Er sah zu, daß er Land gewann und hüpfte, mit für seine Größe *beachtlichen* Sprüngen, über den Rasen davon.

Nachdem wir uns von den Schmerzen im Zwerchfell halbwegs erholt hatten, wollten wir ebenfalls das Weite suchen. Aber die Gelbkostümierte sprang uns in den Weg.

»Halt! Warten Sie!« befahl sie. »Sie haben diese Schweinerei doch eben beobachtet. Sie können jetzt nicht weggehen. Sie müssen eine Zeugenaussage machen. Wir müssen gemeinsam die Polizei aufsuchen.«

Wie immer in solchen Fällen war es Zachowiak, der uns aus der Situation befreite. Er setzte sein Horst-Tappert-Gesicht auf und fischte seinen uralten Angelschein aus der Tasche. Während er mit dem abgenagten Lappen in der Luft herumwirbelte, ließ er folgende Worte erklingen:

»Madame, wir *sind* die Polizei. Wir beobachten diesen Burschen schon seit langem und hoffen ihn, nach dieser letzten Schandtat dingfest machen zu können. Der Park ist abgeriegelt, wir haben mehrere Sonderkommandos im Einsatz und ich könnte mir vorstellen, daß der gemeingefährliche Irre unseren Männern genau in dieser Minute ins Netz geht. Halten sie sich bitte bis auf Weiteres zu unserer Verfügung. Mein Kollege und ich werden gleich zurück sein.«

Mit diesen Worten setzte er sich zackig in Bewegung und ich folgte ihm - mindestens genauso verblüfft wie die Dunkelblonde.

Die erholte sich von ihrer Verwunderung allerdings recht schnell. Sie mochte zwar eine nervtötende Auffassung von Kindererziehung besitzen, aber blöd war sie nicht. Auch ihr Repertoire an Schimpfwörtern war beachtlich.

»Ihr Arschlöcher!« brüllte sie uns hinterher. »Ihr verschissenen Schnellspritzer! Ihr steckt doch mit dem Schwein unter einer Decke ... Euch krieg ich auch noch dran, ihr Flachwichser!!«

Zachowiak und ich kümmerten uns nicht weiter darum und verließen gemessenen Schrittes die Bildfläche. Wir hatten immerhin eine Verhaftung vorzunehmen.

Kurze Zeit später betraten wir die *Klabauter-Bar*, wo der Zwerg bereits auf uns wartete.

»Nun, wie war ich?« fragte er grienend, nachdem er für uns alle eine Zwei-Liter-Flasche *Leberversagen* geordert hatte.

»Tja ... «, begann Zachowiak, »wenn ich das richtig beobachtet habe, dann hat die Dame Euren geschätzten Schwengel gar nicht richtig *berührt*. Sie hat ihn eher touchiert, würde ich sagen. Die Wette dürftet Ihr damit verloren haben, lieber Ignazio!«

»Kommt, seid großzügig, Vetter! Ob touchiert oder berührt ist doch ganz nebensächlich. Fakt ist doch, daß wir einer großartigen Vorstellung junger Schauspielkunst beiwohnen durften!« warf ich ein und zog zur Unterstützung meiner These einen Hunderter aus der Börse

Nach einigem Lamentieren zeigte sich schließlich auch Zachowiak bereit, unsere Niederlage anzuerkennen. Er zahlte ebenfalls, und somit war der Weg geebnet, mit einem fürstlichen Gelage zu beginnen.

Einem Gelage übrigens, in dessen Verlauf uns der Zwerg eine neue Wette vorschlug. Er könne jederzeit und ganz umsonst mit einer Sondermaschine der Deutschen Luftwaffe nach Bonn fliegen, behauptete er. Keine Frage, daß Zachowiak und ich dagegenhielten.

Vom Verlauf dieser Wette und davon, wie mein Cousin und ich mit Landwirtschaftsminister Borchert eine Transvestiten-Bar besuchten, muß allerdings an anderer Stelle berichtet werden.

EIN ABEND MIT HARRY

»Hey, geile Dutteln«, sagt Harry und stößt mir seinen Ellenbogen in die Rippen.

»Was?«

»Na, da.« Harry zeigt auf eine dralle Mittvierzigerin, die uns mit zwei vollgepackten Einkaufstüten entgegenwankt.

Als sie an uns vorbei ist, dreht er sich um und brüllt ihr hinterher: »Hey, geile Dutteln, Mutti!«

»Laß uns 'n Bier trinken geh'n«, sage ich.

»Jau, super Idee.«

Im *Anus Praeter* hocken wir uns an die Theke.

»Hey Meister, mach ma zwei Große und gib uns 'nen Klaren dazu«, tönt Harry und angelt sich eine Ernte aus der Hemdtasche.

Der Wirt verzieht das Gesicht.

»Wie läuft's denn mit dem neuen Job?« will ich wissen.

»Alter, hör bloß auf mit der Scheiße. Nur Fotzenlecker da in der Firma - einer abgewichster als der andere. Nur die Sekretärin, die is' super, die Alte. Die würde ich mir gern mal über'n Pisser stülpen.«

»Ich mein die Arbeit. Wie ist die *Arbeit?*«

»Na, scheiße natürlich. Arbeit is' immer scheiße.« Harry nimmt einen Schluck Bier und schüttet den Schnaps hinterher.

»Aber die Sekretärin, die geht echt gut rein ...«, sinniert er, dreht sich plötzlich zu mir um und sieht mich mit funkelnden Augen an.

»Übrigens Frauen, ne, da is' mir letztens 'ne Story passiert, da träumt der Führer von. Das war vor 'ner Woche ungefähr, da war ich im Nabel gewesen, na und da treff' ich Bernhard, und der hat so 'ne super Braut dabei. Na was soll ich sagen, ich war besoffen gewesen, Bernhard war besoffen gewesen, wir war'n alle besoffen, und da hab ich die dann irgendwann angebaggert, die Braut.« Harry unterbricht die Geschichte aus dramaturgischen Gründen und gießt sich weiteres Bier in die Kehle.

Wollüstig grinsend fährt er fort.

»Kaum daß ich meine Hand in ihrer Bluse habe, kommt Bernhard an, und weißte, was der zu mir sagt, der Penner? Hey, laß die Finger von meiner Alten, die issen Transvestit, sacht er. Na, den hab ich grade gehau'n. Wenn meine Schwester nich' dabei gewesen wäre, ich hätt'n totgeschlagen. Aber egal, lange Rede kurzer Sinn, ich bin dann los mit der Mutter, wollt se gleich im Auto wegknall'n. Ja Alter, und jetzt kommt der Brüller.«

Harry legt eine weitere Bierpause ein.

»Das war nämlich wirklich 'n Transvestit. Kaum daß ich die verschissene Jeans aufhabe, springt mir 'n steifer Schwanz entgegen. Ich kann dir sagen, die reinste Horrorschau.« Sichtlich erschüttert bricht Harry die Erzählung ab und schüttelt den Kopf.

»Ja, und dann?«, frage ich. »Was ist dann passiert?«

»Was dann passiert is'? Na, der hab ich die Scheiße aussm Arsch geprügelt, der Schwuchtel ... Mensch, Mensch, was ich so erlebe. Na was soll's, laß uns lieber noch 'ne Gerste trinken. Hey Meister, noch mal zwei Große, und zwar pronto!«

Der Wirt, ein ehemaliger Sumo-Ringer, runzelt die Stirn und reduziert den Umfang seiner Pupillen auf Stecknadelgröße.

Ich beschenke ihn mit dem Lächeln, das ich normalerweise für Leprakranke bereithalte, und kann die drohende Zurechtweisung in letzter Sekunde abwenden.

Als die Bestellung bei uns eintrifft, erhebt Harry sein Glas und bringt mit der Lautstärke eines Kettenfahrzeugs einen Toast auf Eintracht Braunschweig aus.

»Auffen Verein!« brüllt er und stößt mit mir an.

Danach wird er vertrauensselig, legt mir einen Arm um die Schulter und will wissen, ob noch alles fit im Schritt sei.

»Jaaaa«, sage ich leicht irritiert.

»Und die Mösen? Was machen die Mösen?«

»Naja«, beginne ich und will weit ausholen, komme aber nicht dazu, weil in diesem Moment ein Mitbürger die Kneipe betritt, der Harrys ganze Aufmerksamkeit in Anspruch nimmt.

»Hey Erich, du Himbeertoni!« lautet Harrys Begrüßung.

Erich, der *Himbeertoni*, ein Schnauzbart mit Schamhaardauerwelle, antwortet mit einem baritonösen: »Alter, alles im Lack?«

Danach taumelt er auf uns zu und wird mir vorgestellt. »Hier das is' Erich, mein Kumpel vonner Bundeswehr, weißte. Hab ich dir doch von erzählt, erinnerste dich?«

»Klar«, sage ich und schüttle die mir entgegengehaltenen Tentakel.

Was folgt, ist eine langweilige Stunde voller Anekdoten aus der gemeinsamen Wehrdienstzeit der beiden. Eine Stunde, deren Monotonie nur durch diverse neue Biere und einen kurzen Beitrag meinerseits unterbrochen wird. Mein Erfahrungsbericht aus alten Zivildiensttagen über das Klistieren von Darmkrebspatienten kann sich gegen die zahllosen Geschichten über Wichs- und Saufwettbewerbe allerdings nicht richtig durchsetzen.

Mißgelaunt überlege ich, ob ich mich nicht besser vom Acker machen sollte, als plötzlich wieder Bewegung in die Sache kommt.

Anläßlich einer weiteren Uraltgeschichte meint sich Harry mit einem Mal daran zu erinnern, von Erich noch hundert Mark Wettschulden einfordern zu müssen.

Da Erich sich der Forderung aufs Energischste widersetzt und beide bereits eine größere Menge Alkohol in den Adern beherbergen, wird die Diskussion bald hitzig. Soweit ich das mitbekomme, geht es letztlich darum, wer während der Abschiedsfeier die schönere Kotzlache produziert hat.

»Alter, hatte ich die größeren Brocken drin, hatte ich sie drinne, oder nich'?« kreischt Harry und läßt die Gesichtsampel von gelb auf rot umschalten.

»Hatteste, hatteste, aber ich hatte die geilere Färbung.«

»Na und, dafür hatte ich mengenmäßig mehr. Hatte ich doch?« sagt Harry und sieht mich an, damit ich ihm recht geben kann.

»Klar«, sage ich.

»Hey, das Zivi-Arschloch war doch gar nich' dabei. Und außerdem ... und außerdem hab ich dir die Asche doch längst gegeben.«

»Haste nich', du Sackratte. Und eins sag ich dir, Arschloch, wenn du noch mal meinen Freund hier anmachst, dann kriegste was zwischen die Kauleisten.«

Erich verliert erkennbar die Debattierlaune, aber aufstecken kann er nicht. Wahrscheinlich ist er im Recht. Ich kenne Harry. Harry ist vergeßlich.

Erich versucht es mit der sanften Masche.

»Mensch Harry, ich hab dir die Kohle wirklich gegeben. Ich mein, wir sind doch Kumpels; ich würde doch 'n Kumpel nich' anscheißen.«

»Ej, komm mir jetzt nich' auf die Schleimige, ja«, knurrt Harry und legt eine kurze Denkpause ein.

Das Ergebnis seiner Überlegungen, hört sich folgendermaßen an:

»Also paß ma' auf, wir machen das jetzt folgendermaßen. Du legst den Lappen hier auffen Tisch, und dann is' gut gewesen. Dann vergessen wir die Sache.«

Erich kämpft sichtbar mit sich, entschließt sich dann aber für die riskantere Antwort.

»Nee, mach ich nich' «, stammelt er.

»Was?« Aus Harrys Knurren ist ein Bellen geworden.

»Ich mein, ich kann gar nich', ich hab doch jetzt gar keinen Hunderter dabei.«

»Na, dann läufste halt los und besorgst einen.«

»Aber ich kann doch nich' ... du kannst mich doch jetzt nich' so einfach ... Mensch, wir sind doch Freunde.«

»Aber nich' mehr lange, Alter, und jetzt sieh zu, daß de Land gewinnst.« Harry sieht gemein und irrsinnig aus, während er das sagt, und ich stelle mich innerlich schon mal auf herumfliegende Fleischfetzen und Knochensplitter ein.

Der Wirt scheint das ähnlich zu sehen, jedenfalls kann ich aus den Augenwinkeln beobachten, wie er seinen Elektroschocker aus der Schublade kramt. Auch Erich scheint den Ausbruch von Gewalttätigkeiten zu erwarten und entschließt sich zur Kapitulation.

»Ja okay, also dann, äh ... dann geh ich mal«, sagt er mit einer Stimme wie Gelee und zieht ein Gesicht, als ob ihm morgen der linke Hoden abgenommen werden müßte.

Zum Abschied bekommt er noch eine Schelle an den Hinterkopf und die strikte Weisung, in einer halben Stunde wieder da zu sein. Dann eiert der Dauergewellte davon.

»Mann, was für 'ne Pfeife«, sagt Harry, als Erich aus unserem Sichtfeld entschwunden ist.

»Jau«, sage ich und nicke.

»Na egal, wie sieht's aus? Woll'n wir noch was unternehmen? Noch irgendwo was los machen? 'n paar Puppen aufreißen oder so?«

»Warten wir denn nicht, bis Erich zurückkommt?«

»Ach was. Der Pisser kann zur Hölle fahr'n. War doch eh nur 'n Spaß, das mit dem Hunderter.«

»Ach so.«

»Also, wie sieht's aus?«

Ich überlege. Eigentlich wollte ich zu Hause noch ein Jahrhundertwerk zu Papier bringen, aber Schreiben heißt die Zweitwelt besuchen. Harry dagegen ist die Erstwelt. Unbestreitbar.

»Jau, ich bin dabei«, sage ich also.

»Gut, dann laß uns ma' abrücken«, sagt Harry und schiebt sich vom Hocker.

»Zweiundvierzig, achtzig«, läßt sich der Wirt vernehmen.

Harry sieht mich fragend an.

»Klar«, sage ich und krame einen Lübecker aus der Hose.

WIE ICH EINMAL 27 NAZIS ERSCHLUG, MIT CLAUDIA SCHIFFER INS BETT GING UND DANACH MANFRED KANTHER ZWANG, DIE DDR-HYMNE ABZUSINGEN

Ich hatte den Kontostand meiner Samenbank kontrolliert und marschierte die Straße der falschen Gesinnung entlang, als mir Mufti Brinkmann über den Weg lief. Er ist pensionierter Pathologe und wahrscheinlich der erste Deutsche, der mit der heutzutage weitverbreiteten Unsitte des Piercing in Berührung kam.

1942 fing er sich einen Granatsplitter ein, der ihm zur Hälfte in die Eichel gedrungen ist.

Auf Anfrage führt er gerne vor, wie er sich an dem Metallstück Bierflaschen aufmachen kann, und ist auch sonst recht unterhaltsam.

Als er mich einlud, ihn auf einen Stoiber mit Ei ins *Abkack* zu begleiten, fiel mir nichts ein, was dagegen sprach, und so schaukelten wir gemeinsam los.

Brinkmann war zuvor im Altensingkreis der evangelischen Kirche gewesen und vertrieb uns die Strecke mit einer detaillierten Schilderung seiner Versuche, gegen die in seinen Augen unfähige Chorleiterin zu intrigieren.

Als das *Abkack* in Sicht kam, erreichten seine Ausführungen gerade ihren Höhepunkt.

»Ich hab also gerade mit dem Knackstedt und dem Olbrich beschlossen, daß wir bei der Creutzfeldt-Jacob-Kantate in Zukunft zwei Achtel langsamer singen, da steht der Salewski auf, der Schleimer. Also der hat das wohl mitbekommen und meldet sich wie in der Schule, schnippst da wie wild mit den Fingern und steht dann auf und sacht: Frau Bretschneider, also entschuldigen sie bitte vielmals, Frau Bretschneider, sacht er, aber ich glaube die Herren hier wollen den Creutzfeldt-Jacob torpedieren. Torpedieren sacht er, der Idiot. Ja, da war natürlich was los ... Die Blindschleiche, also die Bretschneider, die wollte uns daraufhin sogar aus der Gruppe schmeißen. Ham wir natürlich nich' mit uns machen lassen. Ham wir natürlich brüsk zurückgewiesen die Vorwürfe ...«

»Ja, is' ja klar«, stimmte ich ihm zu und stieß die mit Kupfer beschlagene Schwingtür auf.

Der Laden war, wie immer am frühen Nachmittag, dürftig besucht. Um genau zu sein, befand sich neben Melitta, der aufgedunsenen Bedienung, nur ein einziger Gast im Schankraum. Der einsame Gast bekämpfte, mit dem wichtigtuerischen Gehabe des gewohnheitsmäßigen Losers, zwei Spielautomaten, während Melitta, das senffarbene Gesicht zur Hälfte ins Spülwasser getaucht, vor sich hindöste. Ich schüttelte sie sanft, zog ihr ein dickes Insekt aus dem Ohr und gab unsere Bestellung auf.

Kaum daß wir die Drinks vor uns stehen hatten, kam aus den hinteren Räumlichkeiten ein mit Schuppenflechte überzuckertes Kind auf uns zugestürmt. Es war Melittas aufgedunsener Sohn Barzel.

»Hey Cowboy, willst'n Joint?« begrüßte ich ihn und bot dem ungefähr Elfjährigen zum Spaß eine Kippe an.

Er ließ sich nicht lange bitten, steckte sich das Stäbchen zwischen die Lippen und angelte ein Billigfeuerzeug aus seiner verdreckten Cordhose. Nachdem er sich Feuer gegeben hatte, sog er genießerisch den Rauch ein und wackelte weltmännisch davon.

Ich sah ihm mit offenem Mund hinterher.

»Ungewöhnlicher Bursche«, sagte Brinkmann und schien dabei nicht weniger verblüfft als ich.

»In der Tat«, pflichtete ich ihm bei.

Danach zogen wir uns an einen der Ecktische zurück und vertieften uns in ein Gespräch über die Vor- und Nachteile künstlicher Darmausgänge - Brinkmann war am überlegen, ob er sich einen zulegen sollte - wobei wir gar nicht bemerkten, wie die Zeit verstrich.

Als es dann irgendwann dämmerte, sah mein Gegenüber erschrocken auf die Uhr.

»Scheiße, schon halb sechs«, fluchte er und sprang auf, »Ich muß los, hab noch 'ne Verabredung mit 'ner Lady aus der Bibelgruppe.«

Er zwinkerte mir verschwörerisch zu und schob ab.

»Na, dann mal viel Spaß«, rief ich ihm nach.

Als er aus der Tür war, überlegte ich, ob ich ebenfalls das Weite suchen sollte und kam zu der Erkenntnis, daß ein letztes Getränk nicht schaden konnte.

Die Kneipe hatte sich mittlerweile gefüllt und kaum, daß ich mir an der umlagerten Theke einen Platz erkämpft hatte, stolperte eine mir wohlbekannte Gestalt durch die Tür. Es war Muzak-Mao, der Mann mit der Lederzunge.

»Hey komm rüber, du Sack. Ich geb' einen aus«, rief ich ihm zu und bestellte zwei Wendehälse.

Schwer keuchend traf er bei mir ein. Er sah schlecht aus: eine Gesichtsfarbe wie Zement, die Haare wirr und schweißverklebt, in den Mundwinkeln leicht schaumige, hellgelbe Soße.

»Mann, siehst du beschissen aus.« Ich gab ihm sein Glas, »Hat dich der Ebola-Virus gebissen?«

»Hör bloß auf.« Gierig und mit zittrigen Fingern goß er sich den Drink in den Schlund. Sofort danach griff er sich meinen. Als er auch den vernichtet hatte, ließ er ein waidwundes Stöhnen erklingen.

»Alter, du glaubst es nicht«, begann er, »du kennst doch Roswitha, die Rothaarige aus dem *Wappenstübchen*?!«

»Die mit dem einen abstehenden Ohr?«

»Genau.«

»Is' das nich' die Frau von Erich, diesem Wehrsportheini?«

»Ja, genau ... Na also, die hab ich letzten Samstag abgeschleppt.«

»Was denn!«

»Ja, auf dieser Party bei Bernd.«

»Is' ja nicht zu fassen!«

»Naja, ich war breit und da hab ich ihr so einiges erzählt, von wegen schwer in Liebe und so weiter. Du weißt ja, wie das is', wenn man einen in der Birne hat.«

»Ja, und weiter?« Per Handzeichen wies ich Melitta an, uns zwei neue Drinks auf die Theke zu stellen.

»Na, wir ham also die Nacht zusammen verbracht, ham gevögelt und so weiter ... Ja und am nächsten Tag, und jetzt kommt's Alter, jetzt kommt der Hammer, am nächsten Tag hat sie dann ihren Macker verlassen, also diesen Erich.«

»Nein!«

»Doch. Stand einfach mit Sack und Pack vor meiner Tür und wollte bei mir einzieh'n.«

»Unglaublich!«

»Ja, Mann, das hab ich auch gedacht. Ich wußte gar nich', was ich sagen sollte. Ich hab mir dann einfach ihren Kram gegriffen und das Zeug zurück auf den Bürgersteig verfrachtet.«

»Cool.«

»Ja, von wegen Alter. Danach ging die Party erst richtig los. Spirale der Gewalt, Stahlgewitter, Tränenattacken und so weiter. Am Ende hatte sie dann nich' nur die Glasscheibe der Haustür eingetreten, sondern auch beide Scheinwerfer vom Ascona. *Beide* Scheinwerfer, kannst du dir das vorstellen?!« Sichtlich erschüttert versuchte sich Muzak, eine Kippe anzustecken.

»Ja, hart.« Ich nahm ihm die Streichhölzer aus der Hand und gab ihm Feuer. »Und die Braut?«

Bevor er weitersprechen konnte, wurde Muzak von einer langanhaltenden und heftigen Hustenattacke angegangen. Es hatte den Anschein, als hätte er sich am Rauch verschluckt.

»Naja, die hatte sich fürs erste verpisst«, keuchte er, nachdem er sich halbwegs erholt hatte.

»Na, immerhin.«

»Ja, warte mal. Jetzt kommt ja erst der Hammer. Einen Tag später steht sie wieder vor meiner Tür, und noch bevor ich ein Wort sagen kann, zieht sie 'n Messer aus der Tasche, so'n Küchenmesser; eins von diesen arschlangen Teilen, weißte. Ja was sollte ich da machen?! Ich mußte ihr eine verpassen.«

»Is' nich dein Ernst.«

»Doch. Sie is' zu Boden gegangen wie'n nasser Sack.«

»Ja, und dann?«

»Na, ich bin erst mal in die *Rosette*, 'n paar Gläser Bier trinken. Als ich dann zurückkam, war se zum Glück nich' mehr da.«

»Steinalter, inkontinenter Schwede, das ist ja 'ne krasse Geschichte«, sagte ich beeindruckt und schob ihm einen von den Wendehälsen zu, die mittlerweile bei mir eingetroffen waren.

Muzak nahm einen ausgiebigen Schluck und fuhr dann fort.

»Ja, so weit so gut. Aber jetzt kommt's ja erst, jetzt kommt ja erst das Allerhärteste, Alter. Heute, also besser gesagt vorhin, ich bin gerade auf dem Weg hierher, da fällt mich plötzlich dieser Erich an. Taucht plötzlich neben mir auf und brüllt wie ein Triebtäter während der Elektroschockbehandlung. Ich hätte seine Roswitha mißhandelt, ihr sexuell Gewalt angetan, die Ehre der deutschen Frau geschändet, all so'n Scheiß. Na, wer weiß, was ihm seine Schmonzette erzählt hat. Wenn er währenddessen nicht die ganze Zeit versucht hätte, mir seinen Baseballschläger in die Kauleiste zu rammen, ich hätte mich vor

Lachen bestimmt weggeschmißen.« Muzak ließ ein schiefes Grinsen aufblitzen. »So aber«, sprach er weiter, »so aber blieb mir nichts anderes übrig, als die Beine in die Hand zu nehmen und die Flucht reinzuhau'n. Ich bin dem Arsch haarscharf entkommen.«

»Oh, oh, da kommt bestimmt noch was nach«, sinnierte ich.

»Ja das fürcht ich auch. Du hättest den Gesichtsausdruck von diesem Irren sehen sollen.« Muzak gab ein Stöhnen von sich.

»Und was willste jetzt machen?«

»Am besten wär's wohl, wenn ich mir'n neues Gesicht kaufen würde. Fürs erste werd ich mich allerdings 'ne Zeitlang bei meiner Schwester einquartier'n. Ich denk mal zwei Wochen oder so. Soll sich der Wehrsportclown doch den Arsch nach mir wund suchen.«

»Gute Idee«, sagte ich, und dann pfiffen wir uns noch ein paar Getränke ein. Ich, um die Geschichte zu verdauen, und Muzak, um sich auf den vorerst letzten Besuch in seiner Wohnung vorzubereiten. Er wollte sich noch ein paar Klamotten holen.

Als der Alkohol ihm irgendwann den nötigen Mut gespendet hatte, schwankte er los, und mir blieb nur noch, ihm die besten Wünsche für seine Gesundheit mitzugeben.

Ich sah ihm nach, dem Mann mit der Lederzunge, gönnte mir noch einen letzten Drink und ging dann ebenfalls nach Hause.

Aufgebracht wie ich war, erschlug ich unterwegs siebenundzwanzig Nazimaden – neuer persönlicher Rekord, und das, obwohl ich nur die Linke benutzen konnte, da ich in der Rechten eine Zigarette hielt.

Nach soviel Aufregung und nächtlicher Aktivität, erschien mir plötzlich etwas Entspannung vonnöten, also änderte ich meine Pläne und schaute, anstatt in mein Bett zu taumeln, noch auf ein Schäferstündchen bei meiner Nachbarin Frau Schiffer vorbei.

Am nächsten Morgen rief ich dann Manfred Kanther an und zwang ihn die gute, alte DDR-Hymne abzusingen. Es klang irgendwie falsch - ja, es klang sogar regelrecht unehrlich.

Wenn ich im Vergleich zu den Anfangsjahren meines Broterwerbs überhaupt etwas vermisse, dann die Bereitschaft des Publikums, sich vom geschriebenen, wie vom gesprochenen Wort zu echten Gefühlsaufwallungen hinreißen zu lassen. Insbesondere der folgende Text war jederzeit in der Lage, die Gemüter zu erregen. Voller Wehmut erinnere ich mich an einen Auftritt in Münster, der nicht nur die Hälfte des Publikums aus dem Saal, sondern auch ein Mitglied der »Männergruppe Wildwest« auf die Bühne trieb, wo es mit der Frage, ob man sich diese ebenso frauen- wie schwulenfeindliche Scheiße noch länger gefallen lassen wolle, für ordentlich Stimmung in der Bude sorgte. Nicht minder denkwürdig war eine Lesung im AZ Heidelberg, die von der ersten bis zur letzten Minute von eisigem Schweigen begleitet wurde. Bemängelt wurden von den jeweiligen Kritikern stets zwei Punkte: zum einen die seltsam anmutenden, weil auf Attribute verzichtenden Beschreibungen der in der Story vorkommenden Frauen, zum anderen das Ende. Ersteres sollte eigentlich als sarkastische Antwort auf diverse dilettantische Bukowski-Epigonen verstanden werden, die ihre weiblichen Protagonisten gern mal mit Brüsten ausstatteten, die wie die »Prellböcke eines Cadillac« aussahen, letzteres einfach Nazis in ihrer – zumindest nach außen hin propagierten – völlig einfältigen Sexualität verhöhnen.

Sich einfach falsch verstanden zu fühlen, wäre demgemäß ein Leichtes gewesen. Das allerdings erschien mir angesichts der großen Zahl der missmutigen Stimmen zu billig, weshalb ich mich irgendwann entschloss, einen neuen Schluss zu verfassen. Mag sein, dass das vom »künstlerischen Standpunkt« her fraglich war, aber: Lieber eine Schere im Kopf, als einen Kropf zwischen den Ohren. Hier nun erstmals Fälschung und Original untereinander. Urteilt selbst, liebe Blumenkinder!

ADOLF H.S RESTLEIB MACHT ZICKEN (DIE VORSCHULTAUGLICHE LIGHT-VERSION)

Als ich letztens schwer angeschlagen die Prostata-Chaussee runterwanke, kommt mir ein zerlumpter Einbeiniger auf Krücken entgegen.

»Haste ma 'ne Maak, Meister?« fragt er mich und setzt ein Grienen auf, wie man es häufig bei hormonbehandelten Mastschweinen findet.

»Nee«, sage ich, »aber du kannst von meiner Dackelsalami abbeißen.«

Er überlegt kurz, sagt dann *is' besser als nix* und nimmt einen Happen.

Noch während er den Bissen hastig kaut und runterwürgt, will er wissen, ob ich mal was *Spannendes* sehen möchte.

»Klar« sage ich, worauf er sich auf seine Krücken stützt und beginnt seine Hose aufzuknöpfen. Mich überfällt die Befürchtung, daß er mir sein verkümmertes Gehänge zeigen könnte und ich will schon weitergehen, aber er ahnt wohl, was ich denke, und beruhigt mich:

»Keine Sorge, Chef. Kein Schweinkram! Ich hab meinen Schatz bloß gut versteckt.«

Nur einen Moment später hat er gefunden, was er gesucht hat, und hält mir seinen *Schatz* entgegen. Er entpuppt sich als mumifizierter Finger.

»Is' der rechte Mittelfinger vom Führer. Ich trag ihn schon ewig mit mir rum«, sagt der Einbeinige und fügt hinzu: »Für'n Blauen isser deiner.«

»Wozu soll er denn gut sein?«

»Wozu er gut sein soll?! Na, er kann sprechen. Wenn er gute Laune hat, steppt er auch manchmal.«

»Ach so ...«, sage ich und sehe mir das Ding genauer an.

Er wirkt ein bißchen schrumplig, aber was kann man von einem Körperteil auch anderes erwarten, das dem verwirrten Oberlippenbart sogar beim Arschabwischen behilflich sein mußte. Ich überlege, ob ich zuschlagen soll, denn ein Hunderter ist ja nicht wenig und ich bin nicht unbedingt auf der Suche nach Fingern – auch nicht nach steppenden. Aber das hier scheint ein echter Schnapper zu sein, also fummle ich schließlich einen Schein aus der Tasche und drücke ihn meinem Gegenüber in die Hand.

»Heißen Dank auch, Meister!« sagt der und läßt die Kohle in seinem Hosenbund verschwinden.

Dann hüpft er davon, und auch ich setze meinen Weg fort und marschiere – um einen Finger reicher – endlich dahin, wo ich schon die ganze Zeit hinwollte, nämlich in die *Sackhaar-Bar* am Platz der ungesunden Verdauung.

Wie bei Dichtern meines Schlages üblich, pirscht sich, kaum daß ich an der Theke sitze, ein außergewöhnliches Sexsymbol an mich heran und das ist gut so, denn deswegen bin ich hierhergekommen. Mich treibt die Sehnsucht nach dem Geruch weiblicher Körperöffnungen in diese Spelunke und ich gebe mein Bestes, dieser Sehnsucht Erfüllung zu verschaffen.

Ich bin gerade dabei, geistreiche Bemerkungen über die besonderen Bedürfnisse der kreativen Elite nach Zuwendung auszustoßen, als mich eine krächzende Stimme unterbricht:

»Ariernachweis«, kräht sie, »laß dir ihren Ariernachweis zeigen!«

Das Sexsymbol, eine Rothaarige mit Beinen, mustert mich irritiert, und auch ich bin einen Moment verblüfft, bis mir der Finger wieder einfällt. Noch bevor ich mich dazu äußern kann, fragt mich die Rothaarige, ob ich Bauchredner sei. Ich will ihr schon zustimmen, denn das scheint mir noch die einfachste Erklärung, aber der Finger kommt mir zuvor.

»Ich bin dein Führer!« schreit er.

»Wie bitte?« fragt das Sexsymbol.

»Naja, er hat gesagt, er sei dein Führer«, wiederhole ich dämlich und ernte einen weiteren verständnislosen Blick.

Entnervt entschließe ich mich, den Schreihals ans Tageslicht zu holen.

»Hier, das isser«, sage ich und lege Adolfs Effenberg auf den Tisch.

»Das is' ja widerlich!« kreischt die Rothaarige. »Bist du 'n Freak, oder sowas?«

Ich versuche ihr zu erklären, was es mit dem Finger auf sich hat, will sie von dem historischen Wert meines Einkaufs überzeugen, aber ich rede ins Leere, denn sie ist schon aufgesprungen und hat das Weite gesucht. Frustriert sehe ich mir den Übeltäter an und beschließe ein paar Takte mit ihm zu reden.

»Adolf«, sage ich, »wenn du mir noch mal die Tour versaust, schmeiß ich dich dem nächstbesten Köter vor die Füße. Du magst ja früher 'ne große Nummer gewesen sein, aber heute bist du nichts weiter als ein unappetitliches Stück Trockenfleisch.«

Der Führer wird bockig.

»Ich bin immer noch der größte Feldherr aller Zeiten«, schmollt er.

»Sicher«, sage ich, um ihn zu beruhigen. »Aber von Frauen verstehst du nichts. Also halt in Zukunft die Fresse, wenn ich mit einer quatsche!«

Leider zeigt sich Adolf uneinsichtig.

»Aber ich und Eva ...«, murmelt er und signalisiert mir damit, daß ich pädagogischer vorgehen muß.

Also schlage ich ihn zweimal kräftig auf die Tischplatte. Das hilft. Er gibt Ruhe. In der Hoffnung, damit klare Verhältnisse geschaffen zu haben, stecke ich ihn wieder in die Tasche und sehe mich um, ob ich nicht eine andere Schönheit finde.

Ich habe Glück, in der Ecke sitzt eine atemberaubende Blondine mit Gesicht und verströmt polygame Duftstoffe.

Ich bestelle zwei Innenminister mit Schuß, setze mich ihr gegenüber und beschleunige von Null auf Hundert in vier Sekunden. Mit raffinierten Beweisen meiner überirdischen Intelligenz und heimtückischen Schmeicheleien habe ich mir schon nach kurzer Zeit ihre immerwährende Zuneigung erschlichen. Ich will schon zum Endspurt ansetzen, als ich eine mir wohlbekannte Stimme vernehme.

»Junges Fräulein«, krächzt die Stimme, »junges Fräulein, seien sie vorsichtig! Der Mann, den sie vor sich haben, ist ein Volksschädling, ein Agent der zionistisch-bolschewistischen Weltverschwörung, ein abartiger Parasit, der es darauf abgesehen hat, ihre ohne Zweifel deutsche Gesinnung in den Schmutz zu ziehen.«

Die Blonde sieht mich entsetzt an.

»Das ist bloß Adolf – kümmer' dich nicht drum«, sage ich und setze mein bestes Hans-Meiser-Lächeln auf.

Es nutzt nichts. Sie schwingt sich aus dem Stuhl, wirft mir einen von den Blicken zu, die man normalerweise für übergroße Haufen Hundescheiße bereithält und stöckelt davon.

Ich bin deprimiert. Aber ich bin nicht nur deprimiert, ich bin auch sauer und zwar schwer. Mit einer Hand zerre ich den Finger aus seinem Versteck, mit der anderen greife ich mein Feuerzeug und lasse die Flamme hervorschießen.

»So, du Schwein. Du hast deinen Spaß gehabt, jetzt bin ich dran. Ich werde dich grillen, bis du braun wirst. Ist ja eh deine Lieblingsfarbe ...«

»Bitte nicht!« wimmert der angeblich beste Feldherr aller Zeiten.

Aber es ist zu spät. Ich halte gnadenlos mit der Flamme drauf. Adolf läßt ein markerschütterndes Geschrei vom Stapel, ein Geschrei, das von einem beinahe überwältigenden Gestank begleitet wird.

Als sich die ersten Gäste nach mir umdrehen, beschließe ich, uns beiden eine Pause zu gönnen.

Der angekokelte Nazi scheint eine Unterbrechung auch bitter nötig zu haben. Er windet sich wie ein Wurm am Angelhaken und stöhnt nur noch. Als ich die Fackel wieder anwerfe, kommt er allerdings noch mal zu Kräften.

»Warte!« japst er. »Warte, es tut mir leid ... Es tut mir leid, daß ich dir das verdorben habe. Aber vielleicht kann ich's ja wieder gutmachen?«

»Wie denn das?« frage ich, nicht sonderlich begeistert.

»Naja ...«, beginnt er und zögert etwas, »mein Vorschlag ist vielleicht etwas ungewöhnlich, wenn nicht sogar *kühn* zu nennen. Aber ... ich will es mal so formulieren: Für deinen Arsch hätte ich doch genau die richtige Größe.«

Ich bin erschüttert. Auf alles war ich gefaßt, aber nicht auf sowas. Daß mir der verschissene Irre seinen Restleib als Dildo anbietet, bringt meine Gedankenzirkulation kurzzeitig zum Stillstand. Adolf nutzt die Gelegenheit, mir noch einmal seine Qualitäten näherzubringen.

»Du wirst seh'n, ich bin gut ... Ich mach das nicht zum ersten Mal. Ich werde Dir eine Nacht bescher'n, die du nicht so schnell vergessen wirst.«

»Das glaub ich dir aufs Wort«, sage ich, meines Denkens wieder mächtig, und drehe am Rad des Feuerzeugs, um die höchste Stufe einzustellen.

Bevor ich den zweiten Grillvorgang allerdings endgültig in Angriff nehme, lasse ich meine Hand wieder sinken. Ich habe für Adolf immerhin hundert Deutschmark ausgegeben, da kann ich ihn schlecht in Asche aufgehen lassen.

Viel schlauer wäre es, den Finger gewinnbringend zu veräußern. Ich könnte mit ihm auf Tournee gehen, oder ihn ans Fernsehen verkaufen, ja vielleicht könnte ich ihn sogar für ein Filmprojekt einsetzen.

Während ich diese Möglichkeiten noch an meinem inneren

Auge vorbeiziehen lasse, bekommt die einfingrige Arschmade wieder Oberwasser.

»Na, hast du dich entschieden?« fragt er hoffnungsfroh.

»Nee, noch nich'«, sage ich, stecke ihn wieder in die Tasche und mache mich auf den Weg zum nächsten Zoogeschäft. Fürs erste brauche ich ein akkurates Terrarium oder einen Käfig, denn eins ist sicher: Adolf wird in nächster Zeit gut auf sich acht geben müssen. Mein Kater ist ausgewachsener Antifaschist.

Und hier nun der ursprüngliche, also der beanstandete Schluss:

Bevor ich den zweiten Grillvorgang allerdings endgültig in Angriff nehme, lasse ich meine Hand wieder sinken, weil mir die Kohle in den Sinn kommt.

Ich habe für den Kollegen immerhin hundert Deutschmark ausgegeben, da kann ich ihn schlecht in Asche aufgehen lassen. Viel schlauer wäre es, Adolf irgendwo zu veräußern und das am besten mit Gewinn.

Während ich noch überlege, wo und wie, bekommt die einfingrige Arschmade wieder Oberwasser.

»Na, hast du dich entschieden?« fragt Adolf hoffnungsfroh.

»Jau, das hab ich«, sage ich, stecke ihn wieder in die Tasche und mache mich auf den Weg ins *Trocken-Von-Hinten*, eine Schwulenbar nur zwei Querstraßen weiter.

Da kann sich der schleimige Uraltfaschist, oder das, was von ihm übrig ist, endlich mal einer *sinnvollen* Aufgabe widmen.

DER KALMÜCKE

Ich hatte eine halbe Ewigkeit geklopft und geklingelt und wäre bestimmt wieder gegangen, wenn ich mir nicht sicher gewesen wäre, daß der Kalmücke zu Hause war. Er verließ seine Zwölf-Quadratmeter-Wohnung nur, um hin und wieder etwas einzukaufen - hauptsächlich einen 65 Umdrehungen starken Essigreiniger für die körpereigenen Innereien - und wir hatten es spät in der Nacht.

Ich ging zumindest davon aus, denn soweit mein vernebeltes Sichtfeld das zuließ, meinte ich zu erkennen, daß es stockduster war.

Aber vielleicht täuschte ich mich da auch, denn ich hatte, bevor ich beim Kalmücken einlief, eine Gruppe von Nervenkranken besucht.

Es handelte sich dabei um Mitbürger, die sich, samt und sonders, als Reinkarnationen längst verrotteter Rockstars aus den 70ern verstanden und im Angedenken an ihr vorheriges Leben von morgens bis abends LSD und ähnliche Leckereien in ihre ausgefransten Mäuler stopften. Daß sie dabei die Jalousien geschlossen hielten, darf als ein Gebot des Anstands gewertet werden.

Die Freigiebigkeit, mit der mich diese braven Christenmenschen bewirtet hatten, war ohne Zweifel der Grund für meine lädierte Optik und außerdem dafür verantwortlich, daß ich überhaupt auf die unsinnige Idee gekommen war, dem Kalmücken meine Aufwartung zu machen. Er war ein hochkarätiger Irrer, und Besuche bei ihm brachten meist nichts anderes ein als Zweifel am eigenen Verstand. Aber so ist das eben: Hat man erst mal angefangen, sich Exzessen auszusetzen, ist es schwer, ein Ende zu finden.

Mir jedenfalls ging und geht es ständig so, weshalb ich auch in meinen Bemühungen, den Alten aus seiner Totenstarre ans Licht zu zerren, keinen Deut nachließ und anfing, Steine und was sich sonst noch fand gegen das einzige Fenster zu schmeißen, das seine verschissene Herberge besaß. Mit einer fast leeren Colaflasche hatte ich schließlich Erfolg. Die Scheibe zerbarst und nur eine Sekunde später sah ich das pockennarbige Gesicht des Kalmücken auf mich herabstarren.

»Verdammter Bolschewik!« schrie er und spuckte mir einen Batzen Schleim vor die Füße.

»Laß mich rein, du Leiche!« krakeelte ich zurück.

Sein Kopf verschwand wieder und ich schlingerte schon mal zur Tür, weil ich *wußte*, daß er mir aufmachen würde. Er mochte mich.

Tatsächlich öffnete er mir kurz darauf, musterte mich mit zusammengekniffenen Augen und sagte:

»La Paloma, Durchlaucht.«

»Es ist wieder Braten dabei«, lautete meine Antwort.

Das war die einzige Methode, sich mit ihm zu unterhalten. Er liebte ausgelutschten Dünnschiß jeder Art. Und je weniger Sinn die Sätze enthielten, desto besser kam man mit ihm ins Gespräch.

Nachdem die Begrüßung dementsprechend korrekt vonstatten gegangen war, schlurfte er vor mir her und lotste mir den Weg durch seine mit Kot und Unrat vollgestopfte Zuchtstätte für Bazillen, Viren und Ungeziefer jeden Kalibers bis zu der einzigen Stelle des Zimmers, an der zwei Menschen genügend Platz hatten, um sich hinzusetzen. Wir hockten uns auf zwei Müllsäcke. Ich auf einen blauen, prallgefüllten, er auf einen zerrissenen grauen, aus dem sich die Hälfte des Inhalts bereits die Freiheit zurückerkämpft hatte.

Das meiste von dem, was da herausgesickert war, befand sich bereits im kompostösen Zustand, aber ein paar Sachen waren noch recht gut erhalten. Besonders ins Auge stachen mir ein verklebter Haufen Einwegwindeln und ein metallenes Gerät, das stark an ein Klistier für Pferde erinnerte. Neben diesem Plunder stand eine Flasche Lebertod.

Kaum daß unsere Ärsche das Plastik berührt hatten, hielt der Kalmücke sie auch schon in der Hand und schrie für einen Mann seines Alters und seiner - einem Tuberkulosekranken im letzten Stadium nicht unähnlichen - Statur mit einer beachtlichen Lautstärke:

»Auf die verlauste Mischpoke! Auf Stalin und die heilige Mutter Rußland!«

Dann nahm er einen gewaltigen Hieb, rülpste zweimal - einmal kurz, einmal lang - und reichte die Flasche an mich weiter.

»Auf Käpt'n Porno«, sagte ich und nahm ebenfalls einen Schluck.

Allerdings einen kleineren, und das war gut so, denn das, was da meine Speiseröhre zum Qualmen und meinen Magen zum Schmelzen brachte, konnte nur reines *Terpentin* sein. Ich hustete, rang nach Luft, gab Tränenflüssigkeit frei und wollte schon meinen Leichtsinn verfluchen, ließ es aber, als ich feststellen durfte, daß die durch das Gift ausgelösten Schmerzen auch eine *angenehme* Seite hatten. Sie halfen immens bei Abwehr des pestilenzartigen Gestanks, der unbeeindruckt von dem Loch in der Fensterscheibe wie gewohnt die Kate des Kalmücken beherrschte.

Während ich noch über diese Erkenntnis meditierte, nahm der Alte die Flasche wieder an sich. Und so tranken wir abwechselnd weiter, bis sie fast leer war und der Kalmücke anfing, mich mit einem Flächenbombardement wüster Beschimpfungen einzudecken.

»Verkommener Pinscher, dreckige Nisse, Arschmade!« krähte er und stierte mich dabei mit blutunterlaufenen Augen an.

Ich kannte das schon, verhielt mich deshalb still und wartete bis er eine Pause zum Luftholen einlegte. Dann sagte ich:

»Die Fäuste hoch, die Lippen fest verschlossen.«

Da er wie zu erwarten umgehend gehorchte, konnten wir unser Gelage in Ruhe fortsetzen. Wir brachen eine zweite Flasche an und ich streute eine Haschzigarette auf, die ich allein konsumierte. Der Kalmücke stand dem Genuß von Cannabisprodukten ablehnend gegenüber. Er behauptete, es würde seinen *Radar zur Zentrale* beeinträchtigen. Wobei nur der Allmächtige selbst wissen wird, was er damit meinte.

Nachdem ich meinen kleinen Lungenbefeuchter ausgedrückt und noch einen letzten Schluck Schmerz in mich hineingeschüttet hatte, schwanden mir die Sinne und ich driftete sanft hinüber ins Reich der schnellen Bilder.

Als ich wieder zu mir kam, tagte es zwar schon, aber mein Zechkumpan war noch munter am Rotieren.

Er hatte die Hosen heruntergelassen, sich einen aufgebohrten – oder sonstwie bearbeiteten – toten Hamster über den mächtigen Schwengel gestülpt und masturbierte gemächlich.

Als er sah, daß ich wach war, nickte er mir kurz zu und wies mit der freien Hand auf die Flasche zwischen seinen Füßen, ließ sich ansonsten aber nicht von seiner Beschäftigung abbringen. Ohne nachzudenken nahm ich sein Angebot an und brachte meine Kehle zum Lodern. Dann sah ich zu, wie die pelzige Leiche an seinem blaugeäderten Fleisch hinauf und hinunter glitt und zerbrach mir den Kopf, wo der Kalmücke den Hamster wohl herhatte und wie zur Hölle er auf die Idee gekommen war, seiner Anschaffung in dieser ausgefallenen Art und Weise Sinn zu verleihen. Natürlich kam ich nicht drauf, und als er irgendwann in langen Intervallen stöhnend ejakulierte, brach ich meine Überlegungen ab, um ihm zuzuprosten.

»Gut gelöscht, Kalmücke«, lobte ich ihn.

»Selten so satt gewesen ...«, keuchte er, nachdem er halbwegs zu Atem gekommen war und hielt mir seine verklebte Wichshilfe mit der Aufforderung, *auch ich solle mir ruhig mal die Beichte abnehmen*, unter die Nase.

Ich überlegte kurz, ob mich meine Berufung zu einem solchen Experiment verpflichtete, schüttelte dann aber den Kopf und erhob mich. Ich hatte plötzlich Lust auf ein Stück der guten, alten Wirklichkeit und beschloß, Lotto spielen zu gehen.

GESICHTSKONTROLLE AN DER HEIMATFRONT

Elvis lebt. Er arbeitet in einer Würstchenbude in der Innenstadt und macht, von seiner offenen Tuberkulose mal abgesehen, einen recht properen Eindruck. Er ist dreiunddreißig, hört ausschließlich deutschen Country und steht auf Barbara Eligmann. Kennengelernt haben wir uns im Sommer 82 anläßlich einer Butterfahrt. Er erbrach sich auf dem Oberdeck recht unelegant über meine prallgefüllten Einkaufstüten, wofür ich ihm später (das Schiff lag ziemlich unruhig im Wasser) auf seine Kroko-Sandaletten urinierte.

Während ich an meiner Krakauer lutsche, mustere ich ihn eingehend und gewinne den Eindruck, daß er abgespeckt haben muß.

»Hey, abgenommen?«, rufe ich ihm zu, wobei es sich nicht vermeiden läßt, daß mir ein Schwall Fett aus der Freßluke spritzt. Ein Mißgeschick, das dem Kragen meines Nachbarn ein kostenloses Muster in der Modefarbe Ranzig verschafft.

Elvis grinst mich an.

»Hab Diät gemacht.«

»Cool Alter.«

»Ja, 'ne Plockwurst-Diät. Sieben Kilo in zwei Wochen.«

Bei soviel Gesundheitsbewußtsein kann ich es mir nicht verkneifen, eine Frage nachzuschieben.

»Und die Pillen?«, will ich wissen, womit ich auf den enormen Verbrauch an Downern anspiele, den sich Elvis anläßlich einer nervenaufreibenden Scheinschwangerschaft seiner Spätverlobten zugelegt hatte.

»Hab ich aufgesteckt«, lautet die Antwort des Grill- und Frittier-Experten.

»Besser so«, pflichte ich ihm bei.

»Jau, ich bin jetzt auf Zirbeldrüse.«

»Auf was?«

»Zirbeldrüse. Ist verdammt schwer zu bekommen.«

Zirbeldrüse! Ich schüttele den Kopf, stopfe den letzten Zipfel der phosphathaltigen Knorpelmasse in mich hinein und sehe zu, daß ich Land gewinne.

Unter tatkräftigem Einsatz meiner Machete bahne ich mir einen Weg durch das Gestrüpp der Kauf- und Flanierlustigen bis zur Straßenbahnhaltestelle am Platz des unbrauchbaren Verhütungsmittels.

Keine zwei Minuten später entspanne ich meine angefaulten Fleischmassen in einem Hartschalensitz der Linie 4. Der Wagen ist nur schwach besetzt und so kann ich meine Aufmerksamkeit uneingeschränkt dem Geschehen auf den Bürgersteigen widmen.

Aufs Äußerste gefangengenommen wird mein Blick dabei von einem volltrunkenen Mittvierziger, der mit halb heruntergelassenen Hosen seine ureigene Eurythmie-Vorstellung aufführt und vergeblich versucht, einen offensichtlich verängstigten Zwergpinscher zum Vorführen von Kunststücken zu überreden.

Eine kuriose Meisterleistung deutschen Ballettschaffens, die mich zu folgendem Zweizeiler inspiriert:

Willst du Hunden Vorbild sein,
halt die Kleiderordnung ein.

Ich will gerade meinen Edding zücken, um diesen anmutigen Sinnspruch für die Nachwelt festzuhalten, als ... *das Grauen* in mein Leben tritt. Es besitzt ein bartloses, aknezerfurchtes Gesicht und ist mit einem senfgelben Trainingsanzug bekleidet, an dessen Brust zahlreiche Orden und Medaillen kleben. Das Haupt ziert eine zerschlissene Plastiktüte.

Ein Irrer; gar kein Zweifel. In mir zieht sich alles zusammen, während mein Körper durch eine reflexartige Krümmung versucht, seine Größe zu verbergen, weiß er doch aufgrund jahrelanger Erfahrung, daß sein Besitzer von Geistesumnachteten aller Art gern als Ansprechpartner mißbraucht wird.

Und tatsächlich: Kaum daß der Vernarbte den Waggon betreten hat, steuert er wie ein Marschflugkörper zielgerichtet auf mich zu. Mein Leib kann sich eben krümmen wie er will, zwischen den zwergengerechten Sitzen der heimischen Straßenbahn wird er sich niemals verbergen können.

Ohne hinzusehen spüre ich den Irren näher kommen. Dann registrieren meine Sinne die nervenaufreibende Tatsache, daß sich sein schlaksiger Körper auf den freien Platz neben mir drängt.

Während eine leichte Brise seiner Ausdünstungen meine Nase umspielt, starre ich mit einer Intensität aus dem Fenster, als ob es draußen einen lang vermißten Verwandten auszumachen gelte.

Es nutzt nichts. Der Schakal hat sein Opfer geortet und macht sich bereit, ihm die kariösen Zähne in die Innereien zu schlagen.

»Hier, das is' meine ehemalige Flötenlehrerin«, sagt er und hält mir ein zerknittertes Foto vors Gesicht.

Mein Verstand rät mir, nicht hinzusehen. Meine Neugier rät mir das Gegenteil.

Als ich schließlich jegliche Vorsicht über Bord schmeiße, trifft mein Blick auf die verschwommene Aufnahme eines älteren Mannes in Gummistiefeln.

»Die hat ja 'ne Glatze, die Flötenlehrerin«, entfährt es mir erstaunt.

Ein schwerer Fehler, den ich noch im selben Atemzug bereue. Denn die erste Regel im Umgang mit Narren lautet: Sag nie mehr als ja oder nein. Alles andere kann als Aufforderung zu weiteren Vertraulichkeiten mißverstanden werden. So auch in diesem Fall.

Beflügelt vom offenkundigen Zusammenbruch meiner Verteidigungslinie bringt der ehemalige Flötenschüler das nächste Erinnerungsstück zum Vorschein.

»Hier, meine Anneliese-Rothenberger-Gedächtnis-Münze.«

Die sogenannte Münze entpuppt sich als einfacher Kronkorken. Mehr als ein *schön, schön* will mir dazu beim besten Willen nicht einfallen. Mein Nachbar läßt sich dadurch nicht beirren.

»Und das is' mein erstes Kondom.«

»Ist ja noch unbenutzt.«

»Naja, ich war lange krank. Aber das hier, das ist meine Lizenz zum Töten.«

Ich verliere langsam die Lust an dieser skurrilen Vorführung, werde aber von meiner ausgesucht guten Erziehung vor eventuellen Unhöflichkeiten bewahrt. Stattdessen nehme ich auch dieses Objekt in Augenschein.

Nun allerdings wird es peinlich. Bei der *Lizenz zum Töten* handelt es sich um ein zusammengefaltetes DIN-A4-Poster, das nach dem Aufklappen ein delikates Motiv präsentiert. Ausgeleuchtet mit allen Schikanen modernster Studiotechnik grinst mir, steil aufgerichtet, das überdimensional vergrößerte Zeugungsorgan eines Geschlechtsgenossen entgegen.

Ein Anblick, der zwei sechzehnjährige Schülerinnen, in der Reihe hinter mir, veranlaßt, in hämisches Gelächter auszubrechen.

Um meiner Reputation nicht gänzlich verlustig zu gehen, bleibt mir nur eins: Ich muß die Flucht antreten. Hastig erhebe ich mich, drücke dem Freak das Poster in die Hand und quetsche mich unter Einsatz meiner Ellenbogen an ihm vorbei. Mit dem gemessenen Schritt eines Ladendiebs pirsche ich zu einem freien Platz im vorderen Teil des Waggons. Ermattet lasse ich mich dort nieder und schließe die Augen.

Die Hoffnung, durch diese kühne Strategie weitere Angriffe auf mein Seelenheil vermeiden zu können, währt nur Sekunden.

Irgendetwas in meinem Verhalten hat das zarte Innenleben des Irren verletzt und so ist es nur verständlich, daß er seinem Schmerz durch lautes Brüllen Erleichterung verschafft.

»Du verkommener Furunkel!« krakeelt er. »Du ausgeleierter Schließmuskel im Körper einer Küchenschabe. Du hast mich schon früher mies behandelt. Weißt du noch, wie du mir damals meinen Lieblingshamster weggenommen hast, nur um an dem armen Tier deine schmierigen Gelüste zu befriedigen?!«

Ich bin für einen Moment verwirrt. Dann befrage ich mein Gedächtnis, und erhalte die beruhigende Auskunft, daß ich mich niemals an Haustieren, egal welcher Art, versündigt habe. Aber wissen das auch die Umsitzenden?

Ich wage einen Rundblick und sehe mich mit grimmigen Gesichtern konfrontiert. »Eine Verwechslung«, beeile ich mich deshalb zu sagen.

Die Reaktionen auf diesen Satz sind unterschiedlich. Sie reichen von ungläubigem Grinsen bis zu offener Feindseligkeit.

Der Irre fährt derweil ungebrochen fort, seine Anklagen unters Volk zu bringen.

»Du hast meine Barbie-Puppe angezündet. Du hast die Glasaugen unserer Oma auf dem Flohmarkt verkauft. Du hast meine Schulhefte versteckt, meine Zahnpasta mit Methanol vergiftet. Du bist schon immer ein Schwein gewesen. Aber jetzt ist Schluß!« Der zunehmenden Lautstärke seiner Stimme ist unschwer zu entnehmen, daß er näher kommt.

Noch bevor er mich ganz erreicht hat, schnelle ich aus dem Sitz und sprinte dem nächsten Ausgang entgegen.

Unglücklicherweise übersehe ich dabei das ausgestreckte Bein eines aufgebrachten Tierfreundes und komme übel zu Fall.

Ohne mich um den tückischen Schmerz im linken Knie zu kümmern, rappele ich mich auf, hinke weiter und erreiche schließlich eine der Tasten, mit deren Hilfe ich dem Fahrer meinen Haltewunsch signalisieren kann.

Hinter mir kreischt die Stimme des Freaks wie eine Stalinorgel. »Ich bring dich um! Ich reiß dir die Eingeweide raus! Du bist die längste Zeit mein Bruder gewesen, du Ratte.«

Bruder? Wieso Bruder? Ich bin Einzelkind, schießt es mir noch durch den Kopf. Dann spüre ich schon die gichtige Klaue des Irren auf meiner Schulter.

In Erwartung der angekündigten Hinrichtung krampft sich mein Herz zusammen. Mein Verstand rät mir zu irgendeiner Verteidigungshandlung, aber mein Körper ist nicht imstande, auch nur eine Bewegung auszuführen.

Die Sekunden dehnen sich ins Unendliche. Aber nichts geschieht. Schließlich gelingt es mir unter Zuhilfenahme aller Kraftreserven den Kopf zu wenden. Der Vernarbte steht direkt hinter mir und grinst mich an. Im selben Augenblick erreicht die Bahn die nächste Haltestelle und dann geschieht das Unglaubliche.

Der Irre tätschelt mir den Rücken, wankt an mir vorbei und macht sich daran, die Stufen der sich öffnenden Tür hinabzusteigen. Bevor er gänzlich entschwindet, gelingt es ihm noch, mir einen zusammengefalteten Zettel in die Hand zu drücken.

Dann schließen sich die Türen wieder. Die Bahn setzt ihre Fahrt fort, und mir bleibt nichts anderes, als dem Freak mit offenem Mund hinterherzustarren.

Nachdem sich die Lähmung zu einem Großteil aus meinen Gliedmaßen verabschiedet hat, schleppe ich mich zu dem von mir verlassenen Sitzplatz und mache mich mit zitternden Fingern daran, den Zettel zu studieren.

Jesus liebt Dich, steht da in einer krakeligen Schrift. Und zum ersten Mal in meinem Leben habe ich das Gefühl, daß an diesem Satz tatsächlich etwas dran sein könnte.

ZU BESUCH BEI DEN PFEFFERSÄCKEN

Wir saßen zu viert in meinem alten R4. Zachowiak; Nille F. N'Angmeier; Rudolpho, mein Kollege aus der Putzkolonne, und ich. Der Wagen zuckte und stöhnte, aber er gab nicht auf, und während wir rauchten, Bier tranken und versuchten, der ausgeleierten Anlage ein paar Töne zu entlocken, kämpfte er sich verbissen durch den dichten Verkehr der Autobahn.

Anhalten war riskant, deshalb mußten wir Rudolpho bei Laune halten, der schon mehr getrunken hatte, als seine Blase vertrug.

»Scheiße, mir platzt gleich der Harnleiter!« schrie er, als wieder ein Parkplatz an uns vorbeigezogen war.

»Versuch es auszuschwitzen«, riet ich ihm.

»Ich schwitz ja schon wie ein Schwein«, stöhnte der Gepeinigte.

Ich drehte mich zu ihm um. Tatsächlich stand ihm der kalte Schweiß auf der Stirn.

»Wenn's so schlimm ist, piß doch einfach in 'ne Bierflasche.«

»Oder aus dem Fenster«, knurrte Zachowiak, der die Aufgaben des Steuermanns übernommen hatte und für Blasenschwache am wenigsten Verständnis aufbrachte.

»Niemals«, entschied Rudolpho, und die Entrüstung, die dabei in seiner Stimme lag, zeigte deutlich, daß er es ernst meinte. Gegen eine gute Erziehung ist eben schwer anzukommen.

Erstaunlicherweise gelang es ihm dennoch, den Ritt zu überstehen, ohne uns durch weitere Wasserstandsmeldungen zu belästigen. Ein Umstand, der ihm nicht nur unsere vorbehaltlose

Anerkennung einbrachte, sondern auch das wunderbare Gefühl der Erleichterung, als er sich nach unserer Ankunft endlich entleeren durfte.

Ankunft, das hieß Hamburg und im Besonderen eine heruntergekommene Mietskaserne, in der sich ein Freund von Nille F. einquartiert hatte. Ein ausgemergelter Bursche mit langen, strähnigen Haaren und dem Gesicht eines Langzeitsüchtigen. Er sah kaputt aus, hatte aber ungeachtet dessen eine erquickende Freundin und eine Wohnung mit Blick auf den Schlachthof. Wenn man aus dem Fenster sah, konnte man erkennen, wie sie da unten die blassen Schweinehälften hin und her trugen. Eine beeindruckende Aussicht, der nur Nille F. nichts abzugewinnen vermochte.

»Aas mit Hormonen«, stieß der einzige Fleischverächter unserer Reisegruppe angewidert hervor und wandte sich ab.

Zachowiak und ich grinsten uns an. Der Neid des Asketen. Wir kannten das schon. Nachdem wir Platz genommen hatten, angelte Zbigniew, so hieß der Ausgemergelte, einen kleinen Beutel Speed aus der Hosentasche.

»Feinste Materie aus der katholischen Studentengemeinde. Bedient euch!«, sagte er und streute auf dem verspiegelten Tisch vor uns mehrere Spuren aus.

Rudolpho, der synthetischen Drogen kritisch gegenüberstand, lehnte ab. Wir anderen ließen unsere Geruchsorgane zur Säuberung antreten.

Nach dieser Begrüßung ging es naturgemäß etwas hektischer zu.

Mit gesträubten Nackenhaaren schwatzten wir drauflos, wobei kaum einer dem anderen zuhörte, weil jeder der Meinung war, daß ausgerechnet er das Entscheidende zu sagen hätte. Die einzigen die sich zurückhielten, waren Rudolpho und Zbigniews Freundin, die im übrigen noch *gar nichts* gesagt hatte. Seit unserem Erscheinen hatte sie regungslos dagesessen, mit leblosen Augen vor sich hingestarrt und nur eine kurze Reaktion gezeigt, als es das Pulver zu vernichten galt. Jetzt kam allerdings etwas Leben in ihre Maschine. Sie begann sich mit der Linken am Kopf zu kratzen.

Merkwürdigerweise hörte sie damit nicht wieder auf, sondern verstärkte ihre Bemühungen noch, indem sie die andere Hand zur Hilfe nahm. Einen Moment lang war ich versucht, an *Läuse* zu glauben, aber die Heftigkeit, mit der sie zu Werke ging, deutete eher auf geistige Beschwerden hin. Ein Blick zu Zbigniew bestätigte diese Annahme. Er machte nicht den Eindruck, als würde er das Schauspiel zum ersten Mal erleben. Und besonders viel Freude schien es ihm auch nicht zu bereiten. Nachdem er die Kratzerei gut zwei Minuten lang mit zusammengekniffenen Augen verfolgt hatte, griff er ein.

»Hör auf, Anja«, sagte er sanft.

Anja fuhr fort.

»Anja, laß es sein.«

Seine Stimme klang schon eine Spur schärfer, aber sie wollte, oder *konnte* ihn nicht hören und ließ weiterhin mit Blut vermischte Hautfetzen auf den Tisch rieseln.

Mit einem jähen, unerwarteten Satz sprang Zbigniew auf und gab ihr eine Ohrfeige, deren satter Klang mich zusammenzucken ließ. Sie selbst schien nicht sonderlich beeindruckt, sah zwar kurz auf, aber das war auch schon alles. Völlig entnervt verpaßte ihr Zbigniew einen weiteren Hieb. Als auch der nicht fruchten wollte, griff er der Entrückten mit beiden Händen unter die Arme und zog sie vom Stuhl. Dann schleppte er sie aus dem Zimmer.

Zu meiner Verwunderung zeigte sie dabei keinerlei Widerstand, hörte aber auch nicht mit dem Kratzen auf.

»Bin gleich wieder da«, sagte Zbigniew. Und dann waren sie draußen.

Zachowiak war der erste der sich zu Wort meldete.

»Scheiße, was war das?« wollte er wissen.

»Bestimmt 'n schlimmer Fall von Schuppenflechte«, ließ

sich Rudolpho vernehmen und kicherte dabei wie ein Zehnjähriger, der gerade sein erstes Kondom aufgeblasen hat.

»Halt bloß die Fresse!« fuhr ich ihn an, wobei mich die Entschiedenheit, mit der ich das sagte, selbst überraschte.

Anscheinend waren gutaussehende Frauen mit Hang zum Irrsinn meiner Stimmung alles andere als zuträglich. Und diese Anja sah wirklich gut aus, ein bißchen wie Cindy Crawford - sozusagen die *Taschenbuchausgabe* - dafür aber mit Nasenring.

»Was denn ... Was hab ich denn gesagt?!« schmollte Rudolpho in meine Richtung und beinahe hätte ich mich dazu hinreißen lassen, ihm einen Vortrag über Kretins und Schandmäuler zu halten, aber Nille F. N'Angmeier kam mir zuvor.

»Am besten nehmen wir erst mal ein Getränk«, sagte er und ließ seine schmuddelige Reisetasche zwei Flaschen Bourbon gebären.

Eine Maßnahme, die ihre entspannende Wirkung nicht verfehlte. Während wir die Flaschen kreisen ließen, ging Zachowiak Zbigniews Kassetten-Sammlung durch und legte ein Tape in den Recorder, auf dem sich eine Rotte Bhagwan-Jünger an diversen Orff-Instrumenten austobte. Mit Rasseln, Tschinellen und Klanghölzern hämmerten sie derart brutal auf unserem Seelenheil herum, daß bei mir die gute Laune endgültig zurückkehrte. Was war schon das Leiden von Zbigniews Freundin gegen die Torturen, die beim Hören solcher Klänge entstanden.

Von dieser Erkenntnis beflügelt entschloß ich mich, einen Joint zu basteln. Ich hatte ihn gerade entzündet, als Zbigniew zurückkehrte.

»Oh, Mann«, stöhnte er und ließ sich schwer gezeichnet in seinen Sessel fallen.

Kaum daß er saß, hatte er schon den Bourbon an den Lippen und gönnte sich einen Schluck, der einem Schiffbrüchigen alle Ehre gemacht hätte. Wir anderen sahen ihn erwartungsvoll an.

»Stechapfel«, sagte er, nachdem er die Flasche abgesetzt hatte. »Stechapfel und Tollkirsche, vor zwei Wochen auf ’ner Party. Seitdem ist sie völlig von der Rolle.«

Stechapfel! Das war unschön. Mir kam ein alter Freund in den Sinn, der nach Stechapfelgenuß kieselsteinlutschend in irgendeinem Vorgarten aufgelesen wurde und sich bis heute mit den Folgen dieses Leichtsinns herumschlagen muß.

Nach einem Blick auf Zbigniews Gesicht beschloß ich diese Anekdote für mich zu behalten. Erstens erweckte der Langhaarige nicht den Eindruck, als ob er sich über dieses Thema weiter auslassen wollte, zweitens waren wir nicht hierher gekommen, um uns mit den geschädigten Hirnen unserer Mitmenschen zu beschäftigen. Wir wollten unsere Hirne selbst ein wenig schädigen. Und das taten wir dann auch.

Zachowiak warf ein neues Tape in den Recorder (diesmal eins mit armenischen Hirtenliedern), ich brachte zwei weitere Haschrouladen auf den Weg und Zbigniew versorgte die Runde noch einmal aus seinem Plastikbeutel. Danach trugen wir den Bourbon zu Grabe und so gelang es uns, halbwegs beseelt die Zeit totzuschlagen bis es dunkel wurde. Dann mußten wir aufbrechen, denn unterdessen war das große Ereignis nähergerückt, das uns für all die Mühen unserer Fahrt entschädigen sollte. Bundesschatzmeister Nick Cave und ein paar andere Degenerierte hatten sich angekündigt, um uns irgendwo auf der Reeperbahn das Knochenmark aus den Ohrmuscheln zu saugen.

Da Zbigniew mitkommen wollte, taumelten wir alle fünf auf die Straße, und dann begann er mal wieder: der Streit darüber, wer von uns Spritköpfen das Steuer bedienen mußte.

»Ich nicht. Ich bin schon hergefahren«, sagte Zachowiak und stellte sich demonstrativ an eine der *hinteren* Türen.

»Ich hab keinen Führerschein«, sagte Zbigniew.

»Und ich hab auch bald keinen mehr, wenn sie mich noch mal erwischen«, gab Nille F. zu Protokoll.

Argumente, denen sich nur schwer widersprechen ließ. Blieben also Rudolpho und ich.

»Du«, sagte ich und fixierte ihn mit dem Zeigefinger.

»Nee, ich bin zu breit.«

»Das ist doch die beste Voraussetzung.«

Verwirrt starrte er mich an – eindeutig im Gehirn blockiert. Das war meine Chance.

»Na, siehste!« sagte ich, klopfte ihm aufmunternd auf die Schulter und drückte ihm gleichzeitig die Schlüssel in die Hand.

Es funktionierte. Ergeben fügte er sich in sein Schicksal und schloß, wenn auch unter Flüchen, die Tür auf.

Als wollte sie diese Entscheidung begrüßen, sprang die Karre sofort an, und dann ging es in wilder Fahrt durch die Stadt, denn Rudolpho hatte nicht gelogen, er war tatsächlich ziemlich abgefüllt. Er bediente die Revolvergangschaltung wie die Spülung einer Toilette, hatte enorme Schwierigkeiten die Spur zu halten und tat auch sonst alles Mögliche, um bei seinen Fahrgästen ja keine Langeweile aufkommen zu lassen. Wir wurden von einem Schrecken in den nächsten geschleudert und konnten nichts dagegen tun, außer uns bei jedem sich nähernden Hindernis die verkifften Lungen wund zu schreien.

Nachdem wir der Kollision mit einem Linienbus nur knapp entronnen waren, konnte Zachowiak nicht mehr an sich halten.

»Du fährst wie ein Arschloch!« schimpfte er und brachte damit die einhellige Meinung der Besatzung auf den Punkt.

»Ich hab doch gesagt, daß ich zu breit bin«, gab Rudolpho beleidigt Antwort und schaltete krachend in den Vierten, während sich ein Rentner im Elektrorollstuhl beeilte, unserem Gefährt aus dem Gehege zu kommen.

Es war die reinste Wildwasserfahrt.

Als wir schließlich am Ort des Geschehens eintrafen, waren wir nervlich zerrüttet, aber die nächste Prüfung lag bereits auf der Lauer. Vor der Tanzhalle hatte sich derart viel Volk eingefunden, daß die Letzten schon auf der Straße standen. Das sah nach Anstehen aus.

»Wartet, ich mach das klar«, sagte Zachowiak und zückte seinen frisierten Presseausweis.

»Hey, laßt mich mal durch. Macht mal Platz für die Presse!« schrie er und versuchte uns ausweiswedelnd den Weg zu bahnen.

Es nutzte nichts. Mal ganz davon abgesehen, daß sowieso keiner Lust hatte, für einen dubiosen Journalistenarsch zur Seite zu springen, war es einfach zu voll. Da half es auch nichts, daß Zachowiak seine Bemühungen verstärkte und anfing, die Umstehenden mit einer wüsten Schimpfkanonade einzudecken.

»Habt ihr Maden in den Ohren, ihr Wichser?! Ihr sollt Platz machen! Wir sind vom Melody Maker. Versteht ihr das, ihr Säcke, vom *Melody Maker*! Scheiße, wir haben's nicht nötig, uns hier anzustellen!« krakeelte er, eindeutig abgefahren und vom Speed scheinbar übermotiviert.

Wir kamen trotzdem nicht durch.

»Das ist ja schlimmer als beim Schlußverkauf«, keuchte Nille F., der dicht hinter mir stand und sich vergeblich bemühte, die Nachdrängenden auf Distanz zu halten.

»Ja, laßt uns hier bloß wieder abhau'n«, schlug Rudolpho vor, und das taten wir dann auch.

Das heißt, wir *versuchten* es. Denn es gab unerwartete Schwierigkeiten. Zachowiak war bei seinem verbalen Rundumschlag an einen Widersacher geraten – einen rotgesichtigen Psychobilly mit beschissenen, weil selbstgemachten Tätowierungen –, und war nicht bereit oder in der Lage, sich von dieser Gestalt zu befreien. Die beiden beharkten sich soweit es bei der herrschenden Enge möglich war, wobei der Rotgesichtige dadurch hervorstach, daß er jede seiner Aktionen mit demselben Satz begleitete.

»Ick schlag dir tot, du Maske. lck schlag dir tot!«, brüllte er in einer Tour, was ihm bei den Zuschauern sicher Sympathien eingebracht hätte, wenn er in seinem Eifer nicht damit begonnen hätte, einige von ihnen durch ungezielte Schläge in das Handgemenge einzubeziehen.

So entwickelte sich die Sache innerhalb von Sekundenschnelle zu einem ausgewachsenen Tumult und wir hatten unsere liebe Mühe, meinen Vetter da rauszuholen. Mit vereinten Kräften kriegten wir ihn schließlich zu fassen.

»Hey, was soll das?!«, beschwerte er sich, kaum daß wir uns freigekämpft hatten, und machte trotz einer böse blutenden Schmarre am Auge Anstalten, sich wieder ins Getümmel zu stürzen.

»Nichts da«, sagte ich und hielt ihn am Arm fest.

»Scheiße. Haste das Schwein nicht geseh'n?! Den muß ich wegpusten. Dem reiß ich die Eier ab! Der Bastard, der war doch nich' ganz bei sich. Das war doch einer von diesen Genmanipulierten ...«

»Wir sollten erst mal 'ne Erfrischung nehmen«, unterbrach ich ihn.

»Was?! Bist du *krank*?! Was denn für'ne Erfrischung? Die einzige Erfrischung, die ich brauche, sind die Ohren von dem Arschloch, eingerahmt über meinem Bett«, schrie Zachowiak, wobei er herumzappelte wie ein Hospitalismuskranker.

Es nutzte ihm nichts. Nille F. und Rudolpho faßten mit an und zu dritt zerrten wir den Tobsüchtigen auf das Gelände einer gegenüberliegenden Tag- und Nachttankstelle. Dort nötigten wir ihn, sich auf eine Begrenzungsmauer zu setzen, und Zbigniew ging los um Schampus ranzuschaffen. Als er mit mehreren Flaschen unter dem Arm zurückkam, hatte sich Zachowiaks Gemüt wieder beruhigt.

»He, he, was für ein Aufruhr«, meckerte er. »Was für ein herrliches Sinnesfest.«

»Scheint so, als stünden die hier nicht so auf Pressevertreter«, sagte Rudolpho.

»Yeah, brave Leute ... Leute mit *Haltung*«, sagte Zachowiak und ließ ein dreckiges Lachen ertönen.

Dem war nichts hinzuzufügen, und so konnten wir den Sekt köpfen und das Schauspiel einträchtig aus der Zuschauerperspektive genießen. Der Tumult hatte sich zwar wieder gelegt, aber das Geschiebe und Gedränge war für sich schon sehenswert.

Als die Flaschen leer waren, hatte der Ansturm der musikhungrigen Horden so weit nachgelassen, daß wir einen zweiten Anlauf wagen konnten, und diesmal gelang uns der Durchbruch ohne weitere Zwischenfälle.

Drinnen war es völlig verstopft und es waberte ein Schweiß-, Bier- und Kippennebel durch die Luft, der einen Asthmatiker zum Kollabieren gebracht hätte. Die Stimmung lag knapp unter der Grenze zur Massenhysterie und steigerte sich noch, als die erste Kapelle auf der Bühne erschien. Ein Gekreische und Gejohle wie auf dem phönizischen Sklavenmarkt.

Mit einer weiteren Ladung Speed, die wir ganz auf die Schnelle aus der hohlen Hand schnupften, brachte Zbigniew unsere Gliedmaßen in Bewegung und dann gaben wir uns den Rhythmen hin, als würden wir dafür bezahlt. Nur Rudolpho mimte den Querschnittsgelähmten, war aber nach den ersten drei Bands genauso verschwitzt wie wir. Klar, daß unsere ausgebrannten Kehlen das Bedürfnis hatten, sich mit weiterem Schampus ölen zu lassen, und so brachen Zachowiak und ich, auserkoren den Nachschub zu organisieren, in Richtung Tankstelle auf.

Vor der Halle war mittlerweile das Chaos ausgebrochen. Es hatte den Anschein, als ob mehr Karten verkauft worden waren als erlaubt, denn obwohl es drinnen zum Bersten voll war, tummelten sich draußen weitere zwei- bis dreihundert Leute. Ihrem Geschrei war unschwer zu entnehmen, daß sie für das Spektakel ebenfalls bezahlt hatten und nicht bereit waren, auf ihr erworbenes Besuchsrecht zu verzichten. Die muskelbepackten

Türsteher hatten alle Hände voll zu tun, um die Erstürmung ihres Tempels zu verhindern.

Wir ließen uns von alldem nicht beeindrucken, bahnten uns den Weg durch die Menge und tätigten unsere Geschäfte. Als wir uns gerade die Flaschen unter den Arm geklemmt hatten und den Rückweg antreten wollten, marschierte die erste Schwadron Bullen auf. Durch die Scheibe durften wir mitansehen, wie sie, großzügig im Einsatz von Knüppeln und Reizgas, eine wilde Attacke starteten, die die empörte Meute innerhalb kürzester Zeit zur Flucht veranlasste.

Teile der Menge verirrten sich dabei auf das Gelände der Tankstelle, sammelten sich dort und begannen ihrem berechtigten Unmut mittels brennender Reifen und gezielter Steinwürfe freien Lauf zu lassen.

»Hey, hey, da kocht ja richtig der Volkszorn über«, sagte Zachowiak und griente mich an.

Ich zeigte ebenfalls Zahnfleisch und damit stand fest, daß wir an dieser kleinen Gymnastikstunde teilnehmen würden.

Wir bunkerten die Flaschen und deckten uns mit Pflastersteinen ein. Dann stellten wir uns irgendwo dazu und übten uns mit den anderen im Werfen. Den beeindruckendsten Treffer verbuchte dabei eine LKW-Scheibe, die nach einer abgefälschten Flanke von Zachowiak im Zeitlupentempo zersplitterte. Andere Einschüsse waren nicht auszumachen, da sie in dem Stein- und Flaschenhagel, der sich über den Sechzehn-Meter-Raum der Gastmannschaft ergoß, einfach untergingen.

Nach fünfzehnminütigem Beschuß entschlossen sich die Ordnungshüter zur Offensive und stürmten im Laufschritt auf uns zu.

»Zeit, sich vom Acker zu machen«, entschied ich und wollte schon durchstarten, doch Zachowiak hielt mich zurück.

»Warte, *nur den einen noch*«, sagte er und ließ den letzten seiner Steine den Anstürmenden entgegenfliegen.

Daß er traf, bekam ich zuerst gar nicht mit, denn ich hatte meine Augen schon abgewandt, um das Gelände nach Fluchtmöglichkeiten zu durchleuchten, aber das infernalische Geheul, das nur einen Moment später der Kehle meines Cousins entstieg, klärte mich auf.

»Ich hab einen erwischt, ich hab einen erwischt!« schrie er und drosch mir dabei auf die Schulter, als wolle er sie mir vom Körper abtrennen.

»Was?«

Ich drehte mich wieder in seine Richtung und tatsächlich konnte ich da einen Bullen erkennen (ein ganz besonders prachtvolles Exemplar, von beachtlicher Leibesfülle), der sich keine zwanzig Meter entfernt, in epileptischen Zuckungen auf dem Boden wälzte. Da ich im selben Augenblick wahrnahm, daß die Vordersten seiner Kollegen schon mächtig nahe gekommen waren, hielt ich mich mit Beifallsbekundungen nicht lange auf.

»Scheiße, jetzt aber weg«, ermahnte ich Zachowiak stattdessen, der von seinem Wurfglück allerdings derart überwältigt war, daß er meine Stimme gar nicht zur Kenntnis nahm.

»Mann, haste das geseh'n?! Haste geseh'n, wie er umgeknickt ist? Ein richtiger Blattschuß!«, johlte er und starrte verzückt auf sein Opfer.

Es half nichts, ich mußte energisch werden. Ich packte ihn am Ärmel seiner verkoteten Lederjacke, zerrte daran und versuchte ihn so in Bewegung zu bringen. Dummerweise überschätzte ich dabei den nötigen Krafteinsatz, oder besser gesagt ich überschätzte Zachowiaks angeschlagenes Standvermögen, und so ergab es sich, daß wir beide auf die Schnauze fielen.

Gerade als ich mich wieder halbwegs in die Senkrechte gebracht hatte, erhielt ich von hinten einen Schlag auf den Unterschenkel, dessen Wucht so gewaltig war, daß ich Mühe hatte oben zu bleiben. Zum Glück hatte der sich anschließende Schmerz die heilsame Wirkung, daß mein Körper nach vorn schnellte und von ganz allein zu laufen anfing. Nach dem Auslöser dieses ganzen Manövers sah ich mich gar nicht erst um. Ich wußte auch so, daß er einen Helm auf dem Kopf trug.

Nachdem ich die ersten Hundert Meter hinter mich gebracht hatte, ohne weiter belästigt worden zu sein, vernahm ich eine mir wohlbekannte Stimme.

»Mann, das war knapp«, keuchte Zachowiak, während er aufschloß.

»Schön, Euch zu seh'n, Herr Gemeindevorsteher«, keuchte ich. Dann zogen wir das Tempo wieder an.

Als sich unsere Beine anschickten, uns im Stich zu lassen, hielten wir inne und sahen uns um. Verfolger waren nicht in Sicht, und auch sonst gab es einiges, was das Auge erfreute. Wir waren ans Wasser geraten. Nicht weit weg waren die Häuser der Hafenstraße zu erkennen und vor uns lag die im Mondlicht funkelnde Brühe selbst.

Wir luden unsere mißhandelten Leiber auf einer Bank am Ufer ab, streckten unsere Tentakel aus und sogen Luft in das, was von unseren Lungen noch übrig war. Nachdem wir halbwegs durchgeatmet hatten, versuchten wir uns an einer ersten Kippe, und weil der dadurch ausgelöste Husten weit weniger schmerzte als erwartet, lag der Gedanke nahe, eine Tüte nachzuschieben. Während ich mich ans Bröseln machte, zog Zachowiak eine Zusammenfassung der Ereignisse.

»Ah, tat das gut ... Es gibt doch keine schönere Form der Kontemplation, als die intensive und gehaltvolle Auseinandersetzung mit unseren phantastischen Sicherheitskräften«, schwärmte er.

Ich warf ihm einen Blick zu. Er sah entrückt aus. Aus seinen geröteten Augen, die mir aus seinem bleichen Gesicht fiebrig entgegenleuchteten, sprach eindeutig der Blutrausch. Kein Zweifel, das Speed war wirklich gut und hatte uns immer noch in der Mache. Ich mußte so ähnlich aussehen.

»Woll'n wir noch mal nach dem Rechten seh'n?« fragte ich, als ich fertig gebaut hatte.

»Aber mit dem größten Vergnügen, Herr Kapellmeister«, entgegnete Zachowiak.

Das Stuhlbein rauchten wir im Gehen.

Als wir am Schützengraben eintrafen, hatten die Hüter der öffentlichen Ordnung das große Reinemachen bereits beendet. Sie standen in Zweierreihe vor dem Eingang der Konzerthalle und hielten die Dächer einer Reihe von Flachbauten besetzt, die sich in der Mitte der Reeperbahn befanden. Die aufgebrachte Menge war gänzlich atomisiert worden. Größere Zusammenrottungen waren nicht mehr auszumachen.

Ungeachtet dieser deprimierenden Sachlage hungerten unsere aufgeladenen Körper nach weiteren Leibesübungen.

»Was nun?« Ich warf Zachowiak einen fragenden Blick zu.

»Ich empfehle die Bartholdy-Methode, Herr KaLeu. Gnadenloser Partisanenkampf, bedingungsloser Zermürbungskrieg, blitzschnelles Angreifen aus dem Dickicht des Dschungels heraus«, dozierte mein Cousin und ging in die Hocke, um sich erneut einen Vorrat an Pflastersteinen zuzulegen. Ich tat es ihm gleich.

Es dauerte nicht lange, bis wir eine ausreichende Menge beisammen hatten. Beseelt von wahrhafter Gottesfurcht zogen wir daraufhin los und versuchten unsere Wurfgeschosse an den Mann zu bringen.

Wir schlichen wie norditalienische Bettelmönche an den Wänden der Flachbauten entlang und schmissen mal hier, mal da einen Stein aufs Dach. Ob wir trafen, konnten wir nicht erkennen, da der tote Winkel unsere Sicht empfindlich behinderte.

Kärgliche Belohnung unserer aufopfernden Bemühungen stellten daher einzig und allein die Schreie der Dahingerafften dar.

Klar, daß uns die Sache bald langweilig wurde.

Da zusätzlich mein malträtiertes Bein begann, tückische Schmerzen auszustrahlen, gab ich meinem Anverwandten irgendwann zu verstehen, daß ich genug hatte.

»Nun denn, Eure Majestät, laßt uns zum Sammeln blasen und zurück nach Reno reiten.« Mit dem Ausruf *für Gott und Vaterland* schmiß Zachowiak den einzigen ihm noch verbliebenen Stein in das Fenster eines Steak-Restaurants, wo er krachend auf der Salattheke landete.

Danach verschwanden wir zurück in Richtung Konzert, hatten Glück, weil wir durch den Hintereingang eingelassen wurden und gerade noch rechtzeitig kamen, um den vollgedröhnten Nick Cave vom Bühnenrand kippen zu sehen.

Den Rest der Nacht verbrachten wir heiter und berauscht, in der sicheren Gewißheit, dem Bösen einmal mehr als ehrliche und gerechte Bürger entgegengetreten zu sein.

ABSCHIED VON MOLTKE

Ich war verdutzt. Unser Faktotum Kurt lbrahim Moltke hatte sich an die zwei Monate nicht mehr bei uns blicken lassen. Nicht, daß ich ihn vermißt hätte, im Gegenteil. Ich war froh, ihn eine Zeitlang nicht gesehen zu haben.

Moltke war ein Typ, der so gut wie gar nichts erlebte und von daher wenig zu erzählen hatte. Seine Besuche besaßen immer etwas Quälendes. Wenn wir ihn nicht gerade zum Kartenspielen brauchten, verwiesen wir ihn normalerweise nach einer halben Stunde des Hauses. Länger war dieser schweigsame und egozentrische Mitbürger beim besten Willen nicht auszuhalten.

Nun, ich war also einerseits froh über sein Fernbleiben, andererseits aber auch neugierig, welchen Grund es dafür gab. Soweit ich wußte, waren wir die einzigen Menschen, zu denen er, von seiner Verwandtschaft mal abgesehen, näheren Kontakt pflegte. Und das normalerweise dreimal die Woche.

Um etwas über den merkwürdigen Abbruch dieser Sitte in Erfahrung zu bringen, gab es nur eins: Wir mußten ihm einen Besuch abstatten. Ich ging rüber zu Zachowiak und machte ihm einen entsprechenden Vorschlag.

»Was?! Bist du irrsinnig?« Er sah mich an, Abscheu und Widerwillen in den entzündeten Augen.

»Warum nicht?« fragte ich.

»Mein lieber, hochverehrter Generalfeldmarschall, ich bin arschfroh, daß diese Nervensäge nicht mehr hier aufläuft. Warum sollte ich also Moltke *meinerseits* die Aufwartung machen?«

Das war eindeutig und ich hätte die Sache damit auf sich beruhen lassen, wenn meine Neugier nicht so groß gewesen wäre.

Klar, Moltke war ein schräger Vogel, ein höchstwahrscheinlich gestörter Geist und mit Sicherheit eine Nervensäge. Aber das machte ihn nicht nur anstrengend, sondern auch interessant. Ich jedenfalls hatte seine Marotten und Macken immer mit größter Aufmerksamkeit verfolgt.

Es war zum Beispiel außerordentlich faszinierend, wie er sein Studium anging. Ich glaube, er hatte Informatik - oder irgendein ähnlich abstruses Fach - belegt, war damals offiziell im neunten Semester, aber sicherlich noch keine zwanzig Mal in einer Vorlesung gewesen.

Das ist ja nun eigentlich nichts Besonderes. Doch bei Moltke kam der bittere Umstand hinzu, daß er, der noch bei seinen Eltern lebte, es nicht übers Herz brachte, seinen beiden Herstellern die ganze Sache zu gestehen und stattdessen so tat, als würde er brav und fleißig am Studierbetrieb teilnehmen. Mit unerschütterlicher Regelmäßigkeit ging er, von Montag bis Freitag, jeden Morgen mit prallgefüllter Aktentasche aus dem Haus, kehrte gegen Nachmittag zurück und berichtete am Abendbrottisch Geschichten aus dem Uni-Leben. In Wahrheit verbrachte er die Tage - wenn er nicht gerade bei uns abhing - in der Innenstadt oder in der freien Natur, wo er, an seiner Haschpfeife nuckelnd, lange Spaziergänge unternahm.

Ich wartete schon Ewigkeiten auf den Moment, an dem er vor Ma und Pa die Beichte ablegen mußte, nur um zu sehen welche Konsequenzen das nach sich zog. Und das allein war schon Grund genug, ihn nicht ganz aus den Augen zu verlieren.

Zur Not wäre ich allein hingefahren, aber wie es Gevatter Zufall wollte, schickte er uns, noch während ich mit Zachowiak am Debattieren war, Freund Mettmann vorbei, unseren Gangrentner und Vorbildarbeitslosen. Und weil der alte Zausel Lust hatte, mich zu begleiten, ließ sich schließlich auch mein Cousin überreden.

»Woll'n wir vorher anrufen?« wollte er wissen.

Ich winkte ab.

»Ach was. Zu Hause ist er bestimmt. Wo soll er sonst sein?!«

»Na dann. Abrücken!« befahl Mettmann.

Wir kletterten in meinen milzgrünen BMW und brausten durch den Sommertag in die verschissene Reihenhaussiedlung, in der sich Moltkes Sippe abgebunkert hatte. Weder Mettmann noch ich waren jemals zuvor hier gewesen, aber nach allem was ich sehen konnte, hatten wir nicht viel versäumt. Es sah aus wie immer, in diesen Mittelstandsgettos: Schmale, hohe Häuser aus rotem Backstein, eng zusammengedrängt wie die Insassen eines Abschiebeknastes. Mit Nettigkeiten in den Fenstern und zackig gepflegten Vorgärten.

Zachowiak, der Moltke mal in einer christlichen Anwandlung nach Hause gefahren hatte, wies uns den Weg und erhielt als Ortskundiger die ehrenvolle Aufgabe, die gutbürgerliche Klingel zu betätigen.

Es dauerte einen Moment, dann wurde die Tür geöffnet und wir sahen uns einem schlaksigen Burschen gegenüber, der ungefähr 25 sein mußte. Er hatte schütteres, blondes Haar, trug die Tracht eines Elektronikstudenten und konnte nur Moltkes Bruder sein. Von dem hatten wir schon gehört.

Als er unseres Anblicks gewahr wurde – Zachowiak und ich wie immer in Lumpen gehüllt, mit klebrigen, angefressenen Frisuren und Mettmann mit seinem fünfzigjährigen, von Alk und Fäusten gezeichneten Gesicht und halbem Bart (eine Seite rasiert, die andere nicht) –, fuhr ihm deutlich der Schreck in die Glieder. Seiner Visage entwich ein Großteil ihrer Farbe, während seine Pupillen wie wahnsinnig zu flackern begannen. Er sagte kein Wort, ließ aber deutlich erkennen, daß er uns für Menschen mit unlauteren Absichten hielt.

»Wir wollen zu Moltke«, half ich ihm auf die Sprünge.

Anstatt der erwarteten Aufforderung zum Eintreten, ließ er nur ein knappes *Moment* ertönen und verschwand. Wohin, konnten wir nicht erkennen, da er beim Weggehen eine Tür verschloß, die sich keine zwei Meter hinter dem Eingang befand. Da standen wir also, starrten auf diese Tür und warteten. Eine Rotte elendiger Sünder, auf Gedeih und Verderb der Launenhaftigkeit des Wachpersonals ausgeliefert.

Irgendwann erschien er dann, der Bürger Kurt Ibrahim Moltke, und obwohl er natürlich genau wußte, wen er vor sich hatte, zeigte er uns gediegenerweise genau dasselbe verschreckte Gesicht wie sein Bruder. Ansonsten sah er aus wie immer: eckiges Kassengestell, Schichtmatte mit Mittelscheitel, angedeutetes Lenin-Bärtchen.

Wir begrüßten ihn überschwänglich, grölten und johlten, stießen aber auf keinerlei Resonanz. Alles, was Moltke uns zu sagen hatte, war der beeindruckende Satz:

»Ihr kommt irgendwie ungelegen.«

Dieser heimtückischen Ausladung konnte nur mit konsequentem Pressing begegnet werden. Wir hatten die beschwerliche Reise nicht unternommen, um uns abweisen zu lassen.

»Scheiß drauf. Zeig uns dein Zimmer! « schlug ich deshalb vor und schob mich an Moltke vorbei ins Haus. Mettmann und Zachowiak folgten mir.

»Mein Zimmer ist zu klein«, versuchte der über unser Erscheinen offensichtlich Verzweifelte noch ein letztes Abwehrgeschütz aufzufahren. Aber es war zu spät.

»Dann gehen wir eben in den Garten. Is' sowieso schöner bei dem Wetter«, sagte Mettmann.

Er steuerte durch den Flur auf ein Wohnzimmer zu, an dessen Ende eine Verandatür schimmerte. Moltke sprang ihm in den Weg.

»Nee, bloß nich' in den Garten«, lamentierte er. »Heute ist viel zu viel Ozon in der Luft.«

Er tat mir fast ein bißchen leid, wie er das sagte, denn so einen Schwachsinn kann man, denke ich, nur verzapfen, wenn man sich im Zustand höchster seelischer Not befindet.

Als ich darüber nachdachte, warum es ihm so wichtig war, uns unbedingt vom Betreten der Grünanlagen abzuhalten, fiel mir nur eine Erklärung ein: Im Garten mußten seine Eltern sitzen.

Daß er sich scheute, denen unseren Anblick zu präsentieren, konnte ich sogar verstehen. Ich hatte genügend Eltern kennengelernt. Was ich nicht verstand, war die Tatsache, daß er auf unseren Besuch *überhaupt* so allergisch reagierte. Das mußte unbedingt in Erfahrung gebracht werden, weshalb ich meinen Vorschlag wiederholte, uns in sein Zimmer zu begeben.

Moltke, der wohl einsah, daß er ansonsten mit uns im Flur hätte verhandeln müssen, gab nach, preßte ein hörbar unwilliges *na, gut* durch die Lippen und marschierte die Treppe hoch in den ersten Stock. Wir kletterten hinterher und dann traten wir ein, in seine ganz persönliche Gruft. Sie war wirklich klein, hatte ungefähr die Ausmaße eines Hühnerstalls, aber Platz für vier Leute gab es natürlich allemal.

Nachdem wir uns umgesehen hatten, was nicht besonders lange dauerte, da es außer ein paar KISS-Postern nur die typische Einrichtung eines sogenannten Jugendzimmers zu bewundern gab (Bett, Schreibtisch, Schrank, Regal - alles aus einem Guß), quetschten wir uns aufs Bett und versuchten mit Moltke, der den einzigen Stuhl belegt hatte, ins Gespräch zu kommen. Ganz besonders interessiert waren wir dabei natürlich an den Gründen für seinen gesellschaftlichen Rückzug.

Um dieses Geheimnis zu enträtseln, schlugen wir die verschiedensten Pfade ein, aber keiner von ihnen wollte uns ans Ziel bringen. Alle Kniffe und Fangfragen prallten an Moltke ab wie an einem gestandenen Parteifunktionär. Wenn überhaupt, antwortete er nur ausweichend, sprach von Zeitnot, seinem kaputten Auto und anderem Unsinn.

Nach einer halben Stunde bekamen wir schließlich ein Gefühl, das den Empfindungen von Künstlern, die in Altenheimen auftreten, ganz ähnlich sein mußte. Mettmann war der erste, der es in Worte faßte.

»Frostige Stimmung hier«, stieß er entnervt hervor.

»In der Tat«, stimmte ihm Zachowiak zu. »Wir brauchen einen kleinen Eisbrecher.«

Bei diesen Worten erhob er sich und steuerte auf eine edle Weinflasche zu, die Moltkes Bücherregal zierte.

»Nein, die ist noch von meiner Konfirmation. Den Wein hat mir Tante Hedwig geschenkt. Den wollte ich mir aufheben«, versuchte unser Gastgeber zu intervenieren.

Zachowiak wischte diese Bedenken beiseite.

»Ach was, der wird bloß schlecht«, sagte er und begann den Korken einzudrücken.

»Hey, wie wär's? Soll ich uns was singen?« fragte Mettmann, der ein gefürchteter Sänger war und keine Gelegenheit ausließ, sein mangelndes Talent unter Beweis zu stellen.

»Nein« sagte ich, woraufhin der alte Fahrensmann eine schauerliche Version von *Die Gedanken sind frei* zum Besten gab.

Zachowiak hatte mittlerweile den Korken bezwungen und ließ eine rote Fontäne auf den Teppich spritzen.

Während Moltke versuchte, die hellgraue Auslegware mit einem seiner T-Shirts zu reinigen, und wir anderen die Flasche kreisen ließen, vernahm ich mit einem Mal Schritte auf der Treppe. Auch Moltke hatte das Geräusch registriert und zuckte merklich zusammen.

Nur einen Moment später klopfte es, während zeitgleich die Tür aufging. Moltkes Mutter war auf der Bildfläche erschienen.

Mit einem Blick nahm sie die Situation in sich auf, woraufhin ihrer Stirn bedenkliche Falten entwuchsen. Ich sah sie vor meinem geistigen Auge schon zum großen Rundumschlag ansetzen. Aber sie besann sich noch einmal, erinnerte sich ihrer Hausfrauenpflichten und sagte:

»Oh, schön, Kurt Ibrahim, du hast Besuch!«

Dann fragte sie uns, ob wir *Schnittchen* wollten, was Zachowiak und ich lautstark bejahten. Moltke verzog derweil unhöflich das Gesicht, während Mettmann ungebrochen seinen Song unters Volk brachte.

Die Hausmutter verschwand, kehrte aber bereits nach zehn Minuten mit einem überladenen Tablett zurück. Neben zahlreichen Salami- und Schinkenbrötchen hatte sie auch vier Gläser *Fanta* herangeschafft.

Ich schlug herzhaft zu, war damit aber auch der Einzige, der das kulinarische Angebot in Anspruch nahm. Moltke war anscheinend zu vergrätzt zum Essen. Mettmann konnte nicht, weil er mittlerweile ein Medley altbekannter Udo-Jürgens-Lieder angestimmt hatte. Und Zachowiak, das wußte ich, konnte Schinken und Salami nicht ausstehen. Er vertrieb sich die Zeit, indem er eins der Brötchen wieder und wieder auf dem Plattenteller von Moltkes Anlage rotieren ließ. Zwischendurch trank er aus der Weinflasche und durchforstete die Nachttischschubladen.

Unser Gastgeber, der anfänglich noch versucht hatte, uns die Laune mit allen Mitteln zu vermiesen, fügte sich unterdessen in sein Schicksal. Er kauerte zusammengesunken auf dem Teppich und ließ uns stoisch gewähren. Selbst als Zachowiak das Hochglanzmagazin entdeckte, blieb er merkwürdig stumm.

»Ungewöhnliche Lektüre«, spottete mein Vetter und schwenkte das Heft, mit dem Titel »Hausfrauen ohne Hemmungen« durch die Luft.

Moltke reagierte nur mit einem schwachen Achselzucken. Er schien gebrochen.

Als ich in der Absicht, Mettmann ruhig zu stellen, den Vorschlag machte, uns mit dem hauseigenen Computer zu beschäftigen, kam unser Faktotum allerdings noch mal zu Kräften.

»Nein!« brüllte er. »Nicht den Computer. Nicht den Computer! Nur über meine Leiche!«

Wie ein berauschter Elefantenbulle schoß er auf mich zu, und versuchte mich davon abzuhalten, seine Denkmaschine mit einer herumliegenden Diskette zu füttern. Da er das Überraschungsmoment auf seiner Seite hatte, gelang ihm das besser als erwartet. Ich kippte nach hinten weg, versuchte mich abzustützen und riß im Fallen Moltkes einziges Regal von der Wand.

Während ich mich unter Dutzenden Exemplaren verschiedener Werke aus der Feder Erich von Dänikens und seines Epigonen Johannes von Buttlar hervorzukämpfen versuchte, hörte ich Zachowiak die Frage stellen, ob man mit dem Computer auch Strip-Poker spielen könne.

»Nein!« schrie Moltke. »Kein Strip! Kein Poker! Kein Spielen! *Kein gar nichts!*«

Seine Stimme erreichte ungeahnte Höhen und peinigte meine Trommelfelle mit Schwingungen, wie sie selbst Klaus Lage in seinen besten Jahren nicht zustande gebracht hatte. Wenigstens hatte Mettmann unterdessen zu singen aufgehört. Moltkes Sangeskünste jedoch waren noch steigerungsfähig.

Als Zachowiak mit der Beharrlichkeit eines Großinquisitors wissen wollte, ob er denn wenigstens mal das Grafik-Programm begutachten könne, entstieg der Kehle unseres Gastgebers ein Ton, der nichts Menschliches mehr an sich hatte. Fast hatte es den Anschein, als würde Moltke einen epileptischen Anfall erleiden. Seine Augen traten so weit aus den Höhlen, daß sie fast die Nasenspitze erreichten, während ihm der Geifer aus der Freßluke spritzte, als ob es eine Wüste in einen blühenden Garten zu verwandeln galt. Als seine Mutation halbwegs abgeklungen war, entfuhr ihm ein einziges Wort:

»Raus«, röchelte er heiser, und mir schien der Punkt gekommen, uns höflich zu verabschieden.

»Los, wir hau'n ab!« gab ich die Parole aus und steuerte Richtung Tür.

»Aber ich hab doch noch gar kein Schnittchen gegessen«, beschwerte sich Mettmann.

»Nimm halt eins mit«, sagte Zachowiak und drückte unserem zahnlosen Seniorchef ein Brötchen in die Hand.

Dann waren wir auf der Treppe. Unser Gastgeber lieferte uns einen Beweis seiner schlechten Erziehung und verharrte, anstatt uns zur Haustür zu begleiten, versteinert in seiner Gruft.

Immerhin trafen wir am untersten Treppenabsatz noch einmal auf die Dame des Hauses.

»Ach, wie schade. Sie wollen schon gehen?«

»Ja, leider, Madame. Unsere karitativen Verpflichtungen machen es unumgänglich, ihr gastliches Haus bereits zu verlassen. Wir müssen in einer halben Stunde unsere tägliche Runde zur Betreuung kranker und alter Menschen in unserer Diözese beginnen«, wußte Zachowiak unseren Abgang zu erläutern.

»Ach ... ja ... nun ... selbstverständlich. Aber kommen sie doch mal wieder vorbei. Unser Kurt Ibrahim hat ja leider so selten Gäste.«

Als wir den Nachmittag später im Auto zusammenfaßten, waren wir uns alle einig, daß sich der Besuch gelohnt hatte.

Mettmann brachte allerdings die Kritik vor, daß wir es nicht geschafft hatten, von Moltke zu erfahren, warum er sich nicht mehr bei uns blicken ließ.

»Naja«, sagte Zachowiak, »wir können ja morgen noch mal hinfahren.«

»Ja«, sagte ich. »Das könnten wir eigentlich.«

»Gut«, sagte Mettmann, »aber morgen sagen wir der Mutter, daß sie Butter auf die Brötchen schmieren soll, keine Margarine.«

GRUNDZÜGE POSTMODERNER DEUTSCHER LYRIK

Ich komme vom wöchentlichen Treffen der Anonymen Kredithaie und schwanke beseelt die Straße des eingewachsenen Zehennagels entlang, als mein geschultes Auge das Schaufenster eines Billigmarktes streift.

Sie haben Mutterkuchen im Angebot. Das Kilo zu 4,99 - ein Schnäppchen, dem die Finanzbehörde in mir nicht widerstehen kann.

Kurzerhand betrete ich den Laden, greife mir einen Einkaufswagen und schiebe ihn durch die Gänge, um mir an der Fleischtheke ein oder zwei Kilo einpacken zu lassen.

Zu meinem nicht geringen Erstaunen erweist sich dieses Unterfangen schwieriger als erwartet.

Hinter dem Regal mit den ehehygienischen Hilfsmitteln springt mir eine höchst ungewöhnliche Erscheinung in den Weg; eine Erscheinung, die meine Adrenalinproduktion in äußerste Alarmbereitschaft versetzt.

Der Bursche, der mir da beinahe in den Wagen gelaufen wäre, spielt, was Größe, Bauchumfang und Brustmuskulatur angeht, eine Liga über mir. Bekleidet ist er mit einer nordkoreanischen Qualitätsjeans und einem armlosen, weißen T-Shirt, das den in Schwarz gehaltenen Aufdruck *Ich hatte Sex mit Berti Vogts* zur Schau stellt.

Den Kopf bedeckt eine Badekappe, das lepröse Gesicht wird von buschigen Koteletten zusammengehalten, die hervorragend mit der gepiercten Unterlippe harmonieren.

Noch bevor ich mich zur Gänze von den Schäden erholt habe, die der Beinah-Zusammenstoß mit diesem Untoten in

Menschengestalt meinem maroden Bypass zugefügt hat, richtet eben dieser Untote seinen nikotinverfärbten Zeigefinger auf meine Person und beginnt zu sprechen.

»Ha!« kreischt er, »Du bist doch Oblomov, dieser nichtsnutzige Zeilenschinder, richtig?«

»Nun, es mag sein, daß zwischen dem eben Genannten und mir eine gewisse Ähnlichkeit besteht ...«, versuche ich noch zu lügen. Aber da schneidet mir der Badekappenträger schon das Wort ab.

»Warte mal«, sagt er, während seine Tentakel einen Zettel aus der Hosentasche kramen.

Nachdem er das Papier entfaltet hat, bringt er sich in Positur und beginnt mit lauter Stimme zu deklamieren:

»Wer immer redlich sich bemüht,
bekommt vielleicht ein großes Glied.«

»Was?«

»Mein neustes Gedicht.«

»Ach so.«

»Warte, es kommen noch zwei Zeilen:
Und wer nicht amputiert zur rechten Zeit,
amputiert eben später, wenn es schneit.«

Mich überkommt eine leichte Übelkeit, während mein Augenlid von einem längst überwunden geglaubten nervösen Tic befallen wird.

Ich habe einen echten deutschen Lyriker vor mir; einen ernsthaften, ambitionierten Versschmied, der sein Germanistikstudium sicher mit Auszeichnung bestanden hat. Anders läßt sich das eben gehörte Textgulasch nicht erklären. Das bizarre Kostüm umso mehr. Ich hätte gleich darauf kommen müssen. Die Badekappe weist mein Gegenüber eindeutig als verkanntes Genie aus.

Während ich noch über die Konsequenzen meiner Entdeckung meditiere, drängt sich meinem geschundenen Hirn ein weiterer Gedanke auf: Herrgott, gleich wird er wissen wollen, ob mir das Gedicht gefallen hat! Und tatsächlich trifft mich nur eine Hundertstelsekunde später ein erwartungsvoller Blick, gefolgt von einer bedeutungsschwangeren Frage:

»Na?«

»Wie, na?«

»Na, wie fandest du's?«

»Äh, stark. Irgendwie fassbinderesk.«

Dieser überzeugende Nachweis falsch verstandener Nächstenliebe erweist sich als schwerer taktischer Fehler. Denn schon sehe ich, wie mein Gegenüber weitere Zettel zum Vorschein bringt.

Hastig versuche ich, meinen Wagen an seinen hundertzwanzig Kilo vorbeizubugsieren. Aber der Koloß hat aufgepaßt und schiebt mir mit einer schnellen Drehung seinen aufgedunsenen Wanst in den Weg.

Ich halte zwar mit aller Kraft dagegen, kämpfe wie ein Wikinger im Fliegenpilzrausch; den Fleischmassen des Badekappenträgers haben meine sensiblen Muskelstränge allerdings nicht viel entgegenzusetzen.

Zu allem Überfluß beginnt nun eine weitere Gedicht-Attacke:

»Ein Sonnenaufgang wie ein Oberschenkelhalsbruch,
Eine Scheibe Leberwurst wie ein offenes Gebetbuch,
eine Fahrradklammer,
ein Gläschen Kompott ...«

»Aufhör'n!« entfährt es mir, während mein Blutzuckerspiegel in lebensbedrohliche Bereiche abzusacken droht.

»Aber das ist meine Ode an die deutschen Fahrradwege. Da kommen noch sechsundvierzig Verse«, schmollt der aufstrebende Nachwuchsliterat.

Sonderangebot hin oder her: Wenn ich noch eine Zeile über mich ergehen lasse, wird mein Leben fortan von irreparablen

Hirnschäden bestimmt werden. Von dieser düsteren Aussicht zu neuen Taten angespornt, riskiere ich einen letzten Ausfallversuch. Als auch der gekontert wird, überlasse ich meinen Einkaufswagen seinem Schicksal, nehme die weichen Beine in die Hand und sprinte dem nächsten Ausgang entgegen.

Die Stimme des Lyrikers verfolgt mich bis auf den Bürgersteig.

»Dichtkunst!« krakeelt er, »Dichtkunst ist der ungekrönte Messias der Benachteiligten!«

Ich laufe, als ob ich Ilona Christen persönlich im Nacken hätte.

Drei Tage später habe ich den unangenehmen Vorfall bereits vergessen. Ich sitze im ICE *Adolf Eichmann* und genieße den Luxus eines leeren Abteils, während ich ein skurriles Pärchen beobachte, das über den Bahnsteig gehastet kommt und sich anschickt, meinen Waggon zu entern.

Er ist über Sechzig und trägt Kniebundhosen. Sie ist Mitte Vierzig und trägt ein weißes T-Shirt mit dem Aufdruck *Ich hatte Sex mit der Mutter von Berti Vogts*.

Keine zehn Sekunden später betreten die beiden mein Abteil.

»Hallo«, sagt die Mittvierzigerin, »Ich bin Cordula und das ist Bernie. Wir sind beide zeigefreudig.

»Was?«

»Wir zeigen uns gern ... beim *Ficken.*«

»Ach so«, sage ich, »angenehm, ich bin Dichter. Kleinen Moment.«

Während die beiden sich setzen, erhebe ich mich und nehme die vorgeschriebene Position ein. Dann beginne ich zu deklamieren:

»Ein Sonnenaufgang wie ein Oberschenkelhalsbruch,
eine Scheibe Leberwurst wie ein offenes Gebetbuch ...«

Noch bevor ich geendet habe, hat das zeigefreudige Pärchen mein Abteil bereits wieder verlassen.

»Halt, warten Sie!« rufe ich den beiden hinterher, »Ich hab noch bessere Gedichte.«

Dann lasse ich mich wieder in die Polster sinken, genehmige mir ein Gläschen Weißkohlsaft und genieße die wohltuende Einsamkeit.

Ausgehend von der Prämisse, dass die im nächsten Text beschriebenen Ereignisse Mitte der Achtzigerjahre spielen, erlaube ich mir voller Vergnügen darauf hinzuweisen, dass die Geschichte eine historische Unstimmigkeit enthält. Wer den Fehler entdeckt, darf in Zukunft beim Fahrradfahren auch nachts die Beleuchtung ausgeschaltet lassen.

TRAUMATISCHER VERLUST DER STEUERUNGSANLAGE KURZ VOR DEM EINBIEGEN IN DIE ZIELGERADE

Ich war verdammt hart. Ich schmierte mir Seife und Bier ins Haar, ich verachtete jeden, der älter war als Fünfundzwanzig, und ich trug eine verschlissene Lederjacke mit der Aufschrift »Schieß doch Bulle!«. Daneben hatte ich ein Fadenkreuz gemalt.

Ich hörte Bands mit so klangvollen Namen wie Ostfront, Notdurft oder Kanalratten. Ich besaß einen schwarzen Edding und ein paar Sprühdosen, von denen ich regen Gebrauch machte, indem ich Straßenbahnsitze, Haltestellenhäuschen oder Hauswände mit Sätzen wie *Scheiß was auf Reagan* oder *Fick den Papst dann hilft dir Gott* verzierte.

Ich behauptete Fremden gegenüber häufig, einer ominösen *Anti-Glatzen-Front* anzugehören. Dieser Verein war mir, so er denn überhaupt existierte, niemals persönlich begegnet. Wenn ich richtig gut unterwegs war, einen im Tee hatte oder mir bei einer Braut einen Schlafplatz erschleichen wollte, erzählte ich auch gern, daß ich aus dem Heim oder dem Jugendknast abgehauen wäre. In Wahrheit war ich ein gutbehütetes Jüngelchen aus einer bürgerlichen Familie, das mehr oder weniger brav zur Schule ging und sich anschickte, die Abiturprüfung abzulegen. Nichtsdestotrotz war ich brandgefährlich. Ich haßte meine

Eltern, ich haßte die Bullen, ich haßte alles, was das herrschende System repräsentierte, und wenn man mich damals nach meinem Berufswunsch gefragt hätte, hätte ich ohne zu zögern Bombenleger, Staatsfeind oder Terrorist geantwortet.

Meine revolutionäre Gesinnung unterstrich ich dadurch, daß ich mir schon in der ersten Pause Dosenbier und Hasch zu Gemüte führte. Meine moralische Überlegenheit bewies ich durch rotziges Benehmen gegenüber Autoritätspersonen.

Ich war ein siebzehnjähriges, impertinentes Arschloch und ich lebte in dem festen Glauben, einer besonders privilegierten Minderheit anzugehören. Die Menschen, denen ich mich zugehörig fühlte, die Menschen, die ich zu meinen Vorbildern zählte, durchschauten Dinge, die der Normalbürger *niemals* begreifen würde.

Die Zukunft war schon seit zwanzig Jahren tot, und ich war einer der Auserwählten, denen diese Wahrheit bewußt geworden war. Also bastelte ich mir aus Nägeln und Leder ein Nieten-Armband und wickelte eine abgerissene Sicherheitskette um meinen linken Springerstiefel.

Ja, ich war der Allerhärteste, aber ich hatte ein Problem. Ich war von meiner Freundin verlassen worden und hatte schon seit Ewigkeiten keinen Sex mehr gehabt.

Um diesem Manko abzuhelfen, suchte ich die Nähe einer Mitschülerin, die auf mich den Eindruck machte, als ob sie auf dem Gebiet fleischlicher Begierden schon eine Menge Erfahrung gesammelt hätte. Sie war nicht unbedingt schön zu nennen, aber häßlich war sie auch nicht. Sie hatte ihr Haar mit Henna gefärbt; ihren Hals schmückte eine Silberkette, an der das Symbol für Frauenpower herunterhing – für mich der absolute Inbegriff von ausgefeilter Erotik.

Sie war älter als ich, hatte irgendwann eine Klasse wiederholen müssen und beflügelte meine nächtlichen Selbstbefriedigungsorgien wie keine Frau zuvor. Ihr Name lautete Irina Kirlikova, aber jeder, der näher mit ihr bekannt war, nannte sie

Eins-Sechzig. Eine Anspielung auf ihre gleichlautende Körpergröße.

Ihr Vertrauen erschlich ich mir durch mehrere geschickt plazierte Lügen. So behauptete ich zum Beispiel während einer Diskussionsrunde im Gemeinschaftskundeunterricht, die Werke Simone de Beauvoirs hätten einen positiven Einfluß auf meine Sozialisation ausgeübt. In Wahrheit hatte ich nicht eine Zeile der ehrenwerten Simone gelesen. Ich bevorzugte Comics und Schundromane.

Desweiteren wies ich bei jeder sich bietenden Gelegenheit darauf hin, daß es an der Zeit wäre, Frauen endlich an der Lenkung der Staatsgeschicke teilhaben zu lassen. Nicht, daß diese Forderung meiner Überzeugung zuwider gelaufen wäre, aber die Heftigkeit, mit der ich sie vortrug, war doch ein wenig übertrieben.

Immerhin brachte mir diese List die Einladung zu einem Spaghetti-Essen ein. Ein erbaulicher Abend, in dessen Folge ich Irina Kirlikova häufiger zu Gesicht bekam.

Wir schwänzten gemeinsam den Unterricht, verdrückten den ein oder anderen Joint im Schloßpark, dem Treffpunkt der Abgewrackten und Gescheiterten, um danach in irgendwelchen Cafes unsere jugendliche Arroganz zur Schau zu stellen. Wir veranstalteten Flipperwettbewerbe, ließen bei Tengelmann Champagnerflaschen mitgehen und streiften ziellos durch die Innenstadt; immer auf der Suche nach einer Möglichkeit, unserer Umwelt einen Schwall Abscheu vor die Füße zu kotzen.

Bei einem dieser Ausflüge überraschte mich Eins-Sechzig mit einem ebenso freimütigen wie ungewöhnlichen Ansinnen.

»Ich will mir ’nen Vibrator kaufen. Hast du Bock mitzukommen?«

»Ja, klar. Aber ...« Ich biß mir auf die Zunge.

Eigentlich hatte ich fragen wollen, warum ausgerechnet Irina Kirlikova einen Massagestab brauchte; noch dazu, wo sie einen so gut aussehenden Motherfucker wie mich zu ihren Bekannten zählen durfte. Stattdessen erkundigte ich mich, wo die Transaktion denn abgewickelt werden solle.

»Kennst du diesen Secondhand-Laden im Alexander von Stahl-Viertel? Die verkaufen die Teile für zwanzig Mark. Sonja hat sich da letztens einen besorgt. Der Besitzer ist allerdings ultraschmierig, deswegen hab ich keine Lust, allein hinzugehen.«

Das waren eine Menge Informationen auf einmal.

Den Secondhand-Laden kannte ich, daß er erotische Gerätschaften verkaufte, war mir neu. Sonja kannte ich ebenfalls. Sie saß im Deutschkurs eine Reihe hinter mir und nervte mich durch regelmäßig abgesonderte Bemerkungen über ihre Fortschritte beim Tennis-Unterricht. Sie hatte alles, was eine Hanseatentochter brauchte. Daß sie nebenbei über Sonderangebote auf dem Dildo-Markt informiert war, ja sich sogar selber ein Exemplar zugelegt hatte, erstaunte mich über alle Maßen.

Ich hätte diesen Punkt gerne ausführlicher besprochen, aber ich wollte nicht neugierig erscheinen. Stattdessen schob ich mir eine Zigarette zwischen die Lippen.

Irina Kirlikova lüftete unterdessen ganz unbefangen das Geheimnis um die Motivation ihrer Kaufabsicht.

»So 'nen Vibrator wollt ich immer schon haben – ein Schwanz, der mir jederzeit zur Verfügung steht und keinerlei Ansprüche stellt ... Und das für zwanzig Mücken. Is' doch genial, oder?!«

Ich sah das anders. Ich fand die ganze Sache überhaupt nicht genial, ja noch nicht mal schlüssig. Ich fand sie eher ungerecht.

Cleverer Stratege, der ich bin, behielt ich diesen Gedanken natürlich für mich. Stattdessen stellte ich meine gutgeölte Denkmaschine einem neckischen Spielchen zur Verfügung. Irina hatte in ihrer Begeisterung nämlich vorgeschlagen, ihrer zukünftigen Masturbationshilfe einen Namen zu geben.

»Wie wär's mit Jan Ullrich?«

»Wieso *das* denn?«

»Na, wegen der Ausdauer.«

»Sehr witzig.« Irina Kirlikova ließ mir einen kritischen Blick zukommen.

Um ihren Unmut nicht noch mehr zu entfachen, beeilte ich mich einen besseren Vorschlag anzubringen.

»Brutus würde passen.«

»Wieso Brutus?«

»Na einfach so. Is' doch 'n schöner Name.«

»Hey, spinn mich nich' voll. Da steckt doch auch wieder irgend'ne Machoscheiße dahinter.«

Zum Glück hatten wir unterdessen unser Ziel erreicht. Weitere Diskussionen über meinen Geschmack, was die Namensgebung von Sexspielzeug betraf, erübrigten sich also.

Der Laden nannte sich *Rollies Rumpelstübchen*, und genauso sah er auch aus. Er war bis unter die Decke vollgestopft mit Gerätschaften, die samt und sonders einer Epoche entstammten, die der Laie gern als Gelsenkirchner Barock bezeichnet. In Kupfer gestochene Hirsche; Tischfeuerzeuge aus Messing; Vasen; Kaffeewärmer und Aschenbecher, in deren Mitte Landeswappen prangten, führten, von einer zentimeterdicken Staubschicht überzuckert, ein ereignisloses Rentnerdasein. Dazwischen lagen gebrauchte Pornohefte in abgegriffenen Klarsichthüllen. Fünf Stück für zehn Kopeken. Ich überprüfte im Geist schon mal den Stand meiner Finanzen.

Rollie, der hinter seinem Tresen lümmelte und frisch eingetroffene Ware auf zusammengeklebte Seiten überprüfte, sah aus wie der typische Feierabendexhibitionist. Schütteres, von links nach rechts über den Kopf gekämmtes Haar umrahmte einen gräulichen, habichtähnlichen Schädel, der trefflich zu seinem grauen Strickpullunder passte.

Als er unseres Anblicks gewahr wurde, trat umgehend ein schmieriger Schimmer in seine Augen. Mich erinnerte der Blick an zwei hartgewordene Senfkleckse. Irina hatte nicht zuviel versprochen.

Ungeachtet der abtötenden Atmosphäre trug meine Begleiterin ihr Anliegen vor, als ob sie nichts weiter als ein Pfund Kaffee kaufen wolle. Ich bewunderte ihre Kaltschnäuzigkeit, kam mir aber im selben Moment überflüssig vor. Als ich das Grinsen wahrnahm, das Rollie in meine Richtung sandte, wußte ich plötzlich, welche Rolle mir zugedacht worden war. Ich war der Prellbock, der menschliche Puffer, der Irina Kirlikova vor dem Schleim dieses Aushilfskrämers zu bewahren hatte.

»So, einen Vibrator also«, sagte er.

»Na Junge, wohl nich' mehr in der Lage, deine Freundin zu befriedigen«, sagte sein Grinsen.

Das widerwärtige Schlag-mich-tot-Lächeln verschwand zum Glück, als Rollie abtauchte, um mehrere Pappkartons zu durchwühlen.

Als er seinen Kohlrabikopf wieder ins Blickfeld rückte, hielt er einen zahnbelagsfarbenen Rührstab in der Hand.

»So, das isser. Die Speerspitze der Partei, unser Verkaufsschlager.«

Das Teil sah aus wie ein Haushaltsgerät aus den Gründerjahren der Republik. Ich hätte keine zwanzig Pfennig dafür ausgegeben.

Irina sah das anders.

»Ich nehm' ihn«, sagte sie stoisch.

»Moment, Moment, gedulden sie sich noch ein wenig, Fräulein. Wir woll'n doch erst noch überprüfen, ob das Gerät auch funktionstüchtig ist.«

Bei diesen Worten schob Rollie zwei Batterien in den Apparat. Dann machte er an dem Dildo herum, bis ein leiser Summton erklang.

»Seh'n sie, Fräulein. Hier hinten verstell'n sie die Geschwindigkeit.« Das Gesicht des Krämers bekam einen triumphalen Ausdruck, der an Unerträglichkeit kaum noch zu überbieten war.

Irina ließ sich auch davon nicht erschüttern.

»Ich denke, ich komm schon zurecht«, sagte sie und schob Rollie einen Zwanziger über die Theke.

Der hatte endlich genug von seiner peinlichen Vorführung und packte den Vibrator in eine Plastiktüte, die er Irina in die Hand drückte. Natürlich nicht, ohne noch einmal eine besonders schaurige Version seines Grinsens zu präsentieren.

Als wir den Laden endlich verlassen hatten, entfuhr meiner Begleiterin ein langgezogener Seufzer.

»Mann, was für ein Arschloch«, stöhnte sie.

Ich gab ihr recht. Dann fiel mir etwas ein.

»Hey, ich glaub, ich hab jetzt 'nen wirklich guten Namen ... Was hältst du von Rollie?«

»Ebenfalls Arschloch«, sagte Irina Kirlikova.

Während der nächsten zwei Wochen mußte ich mir in steter Regelmäßigkeit Irinas Lobpreisungen anhören. Die Speerspitze der Partei schien ihre Erwartungen noch zu übertreffen und sorgte für wahre Begeisterungsstürme. Mir ging dieser Freudentaumel natürlich mächtig aufs Gemüt, schien er meine Aussichten auf den ersehnten Geschlechtsverkehr doch bis auf weiteres ins Land der Illusionen zu verbannen. Ich ließ mir zwar nichts anmerken, ertrug die ungewollte Schikane mit dem Gesicht eines Zen-Buddhisten, rächte mich aber aufs Heftigste an der gesamten Frauenschaft, indem ich die impertinente Hanseatentochter Sonja Ziemann vor versammelter Klasse zum Thema Sonderangebote in Secondhand-Läden befragte.

Sie verschluckte sich an ihrer Diät-Cola, verschwand für eine Viertelstunde auf der Toilette und sprach danach geschlagene fünf Tage lang kein Wort mehr mit mir. Das war wohltuend, konnte den Schmerz in meiner Brust aber nur begrenzt lindern.

Gerade als ich mir erfolgreich eingeredet hatte, auch ohne Sex ein absolut menschenwürdiges Leben führen zu können, änderte sich die Sachlage komplett. Aus unerfindlichen Gründen hatte das Schicksal beschlossen, mir einmal mehr vor Augen zu führen, daß nur der belohnt wird, der bereit ist, seine Erwartungshaltung gegen Null zu schrauben.

Wir saßen auf Irinas selbstgezimmertem Vier-Quadratmeter-Bett und hörten alte Scherben-Platten. Es dämmerte und es war warm, weil Hochsommer, und plötzlich, ganz unvermittelt, überraschend, völlig sinn- und zusammenhangslos sah mir die Quelle meiner ungestillten Sehnsucht in die Augen und sagte:

»Laß uns Liebe machen.«

»Was?« Ich glaubte, mich verhört zu haben.

»Ich will dich vögeln. Und ich weiß, daß du mich auch vögeln willst. Also laß uns Liebe machen.«

Für eine kurze Ewigkeit verlor ich die Kontrolle über mein Sprachvermögen, dann tat ich das, was ich in den Momenten totaler Überraschung immer zu tun pflege. Ich verbarg meine Verlegenheit hinter einer unpassenden Bemerkung.

»Wieso? Ist dein Vibrator im Arsch?« sagte ich mit einer Stimme, die cool klingen wollte, letztlich aber eine Tonlage traf, die normalerweise Zahnarztbesuchen vorbehalten ist.

Irina ließ sich durch meinen vorgetäuschten Sarkasmus nicht beeindrucken.

»Idiot«, sagte sie nur. Dann beugte sie sich vor, preßte ihre Lippen auf meine und schob mir langsam, aber bestimmt ihre Zunge zwischen die Zähne.

Ich ließ mich auf das Spiel ein, tat das meinige, um den Austausch von Speichel voranzutreiben, war in Gedanken aber ganz woanders.

Herrgott, da war er nun, der große Moment; der Sonnenaufgang, den ich in zahllosen durchwachten Nächten herbeigesehnt hatte. Wie oft hatte ich mir diese Situation ausgemalt. Wie oft hatte ich alles, was gerade geschah und gleich noch geschehen würde, im Zeitlupentempo auf meiner inneren Leinwand ablaufen lassen. Ich kannte jedes Detail dieses Films, jeden Dialog und jede nur mögliche Variante, die das Drehbuch mir, dem Regisseur, im Bedarfsfall offen ließ.

Jetzt bei Drehbeginn war sämtliche Vorfreude mit einem Mal verflogen. Stattdessen zogen Nervosität und Angst in meinen Körper. Würde ich mich dem Jahrhundertprojekt gewachsen zeigen? Würde ich mein Team im Griff haben? Würden die Darsteller ihre Sache gut machen? Würde das Geld reichen?

Irina Kirlikova besaß eine sexuelle Erfahrung, die im Vergleich zu meiner eigenen nur als erstligareif zu bezeichnen war. Ich war jung, ich war unbedarft, ich bekam ganz plötzlich übergroße Lust, nach Hause zu fahren und den Fernseher einzuschalten.

Während diese und weitere Gedanken mein geschundenes Gehirn durchkreuzten wie Suchscheinwerfer, war Irina bereits dazu übergegangen, meinen Körper zu erkunden. Eine Hand war unter mein *Strauß nach Sibirien*-Shirt gewandert und erkundete meine Brustmuskulatur, die andere glitt meine zerfetzte Bondage-Hose hinauf, zwängte sich in die Löcher und okkupierte das wehrlose Fleisch meines rechten Oberschenkels.

Was blieb mir anderes übrig, als ebenfalls in den Ring zu steigen.

Auch ich beschäftigte mich zuerst mit dem Oberkörper, entdeckte wunderbare Brüste - klein, fest und kostbar - und arbeitete mich dann zentimeterweise Richtung Bauchnabel vor.

Währenddessen küßten wir uns unentwegt, ließen unsere Lippen über Hals, Nacken und Gesicht des Anderen gleiten, flüsterten leise und zärtlich, und dann, ohne ersichtlichen Grund, spürte ich es plötzlich mit aller Deutlichkeit: Dieser Fick würde wundervoll werden. Dieser Fick würde mich in eine weit entfernte Galaxie schleudern.

Die Angst zog sich in ihren Käfig zurück. Nervosität existierte nur noch im Wörterbuch. Stattdessen bereitete sich in meiner Seele eine Gelassenheit aus, die einen totalen Stillstand der Kommandozentrale zur Folge hatte.

Wie von selbst flogen meine Hände über den fremden Körper, entfernten Kleidungsstücke und brachten neue Schätze ans Tageslicht.

Irgendwann waren wir nackt, ließen voneinander ab und betrachteten uns ausgiebig. Mein Schwanz pulsierte, zuckte im Sekundentakt, war gierig, hielt es nicht mehr aus, wollte berührt werden. Ein Gefühl wie kurz vor der Begnadigung. Deine Hand- und Fußgelenke sind schon festgeschnallt, die Stromkabel angeschlossen, aber du bleibst lässig, denn du weißt, daß der Gouverneur seine Finger schon an der Wählscheibe hat.

Für eine unendliche Sekunde verstummte das Sperrfeuer der feindlichen Artillerie. Dann schenkte mir Irina Kirlikova ein magisches Lächeln, beugte sich vor und ließ ihre Lippen über meine Eichel gleiten. Ich versank in dem Anblick ihrer roten Haare. Dann ließ ich mich zurückfallen und genoß es einfach. Niemals zuvor hatte mein Schwanz eine derart sachkundige Behandlung erfahren. Zähne, Lippen, Zungenfleisch glitten über meinen Schaft, Finger wogen meine Eier, umspielten mein Arschloch, zogen meine Vorhaut zurück. Ich hatte nichts weiter zu tun, als Adrenalin auszuschütten.

Zu meiner Überraschung ließ Irina ganz plötzlich von mir ab. Ich wollte schon protestieren, wollte sie zum Weitermachen auffordern, als mir etwas die Lippen verschloß, das selbst mit geschlossenen Augen unschwer zu identifizieren war.

Irinas Möse, Irinas berauschend feuchte Spalte hatte sich in meinem Gesicht verbissen. Ich ließ mir den Geschmack auf der Zunge zergehen, gab nun meinerseits eine Kostprobe meines (ohne Zweifel bescheidenen) Könnens, während Irina damit fortfuhr, mein Zeugungsorgan bis an die Grenzen des Möglichen aufzupumpen.

Verdammt, das ist das wahre Leben, durchfuhr es mich in einem der wenigen Augenblicke klaren Bewußtseins. Was waren schon Dildos, Vibratoren oder andere wegweisende Entwicklungen der Sex-Industrie? Haut war durch nichts zu ersetzen. Schweiß war durch nichts zu ersetzen. Die Vereinigung zweier Menschen, das war das Allergrößte. Und gleich würde ich diese Segnung des Lebens in vollen Zügen genießen dürfen.

Irina unterbrach diesen Gedankengang durch irgendeine geflüsterte Bemerkung. Ich mußte erst einmal die Gewalt über mein Gehör zurückgewinnen. Dann bat ich sie, das Gesagte zu wiederholen.

»Ich muß mein Pessar einsetzen. Ich bin gleich wieder da.«

Bei diesen Worten krabbelte sie vom Bett und verschwand Richtung Badezimmer.

Ich stützte mich auf die Ellenbogen, um meine Erektion besser bewundern zu können.

Nach einer knappen Minute wurde mir langweilig, also stand ich auf und schmiß den Plattenspieler wieder an. Zurück auf dem Bett, lauschte ich den Klängen von »Halt Dich an Deiner Liebe fest«, wobei eine erquickende Vision mein Hirn durchzog, die Uschi Obermeier, mich selbst sowie das Matratzenlager der Kommune 1 zum Inhalt hatte.

Als der Song zu Ende ging, steckte ich mir eine Kippe an.

Drei Züge später stellte ich fest, daß es kühl geworden war.

Nach zwei weiteren Zügen erforschte ich meine Bravo-Erinnerungen nach Angaben, wie lange ein Pessar im Durchschnitt brauchte, um an den vorgeschriebenen Platz bugsiert zu werden. Uschi Obermeier war unterdessen in Vergessenheit geraten. Meine Erektion ebenfalls.

Ich gab nichts darauf und rauchte in aller Ruhe meine Kippe zu Ende.

Scheiße verdammt, es war wirklich kalt geworden. Eine unangenehme Gänsehaut hatte von meinem Körper Besitz ergriffen. Ich besah mir meinen Schwanz. Er sah aus, als hätte er gerade in der Ostsee gebadet – im Spätherbst, versteht sich.

Was sollte ich tun? Eine neue Kippe entzünden? Ich war unentschloßen.

Ein Gefühl wie auf dem OP-Tisch. Du bist noch bei Bewußtsein und weißt, daß sie dir in wenigen Minuten den Dickdarm entfernen werden. Der Zauber des Augenblicks war zur Gänze verflogen.

Als Irina endlich zurückkam - eine Viertelstunde mochte unterdessen vergangen sein - war ich kampflos besiegt. Schlachtvieh, das schon während des Transports das Zeitliche gesegnet hat.

»Hey«, sagte die Verursacherin meines vorzeitigen Todes, »ich war doch nicht zu *lange* weg, oder?«

»Aber nein. Ich hatte Euch eigentlich noch gar nicht zurück erwartet, Mylady.« Ich rang mir ein schwaches Lächeln ab.

Irina warf einen Blick auf mein in Frührente gegangenes Zeugungsorgan.

»Keine Sorge, das kriegen wir wieder hin.«

»Da bin ich mir nicht so sicher«, zweifelte ich.

Noch einmal verschwand mein Schwanz in ihrer Mundhöhle. Aber diesmal war es anders. Die Behandlung schlug nicht an. Meine Lust war ausgewandert, war unterwegs in ein Land, das den Begriff Pessar nicht kannte. Stattdessen regierte das Kopfkino. Es zeigte einen schwermütigen, französischen Film mit Überlänge. Eine bittere, hochintellektuelle Tragödie.

Dessen ungeachtet spielte ich das Spiel weiter mit. Ich räkelte mich auf den Laken, versuchte Entspannung zu finden und betete zu meinem Schöpfer um Erlösung, in welcher Form auch immer. Und siehe da, als hätte der Allmächtige meine Gebete erhört, fühlte ich mit einem Mal einen Funken Energie in meine Lenden zurückkehren.

Nur ein Hauch, eine Ahnung - aber diese Ahnung genügte, um auch der Hoffnung die Rückkehr zu ermöglichen. Die zusammengerollte, spermaspuckende Schlange würde sich zu ihrer vollen Größe aufrichten; sie würde ihr Opfer in den Würgegriff nehmen und alles, alles würde gut werden ...

Gerade als ich diese höchst beglückende Erkenntnis zu verinnerlichen begann, drangen Geräusche an mein Ohr, die meine Sensoren als absolut störend empfanden.

Zuerst wurde ein Schloß geöffnet, dann eine Tür auf- und zugeschlagen, schließlich näherten sich Schritte. Ich fühlte mich genötigt, den Kopf zu heben, und entdeckte, keine zwei Meter von mir entfernt, einen Typen, der mir bekannt vorkam. Irina hatte sein Erscheinen ebenfalls bemerkt.

»Scheiße«, sagte sie.

Der Typ sagte das Gleiche, und mit einem Mal wußte ich, wen ich da vor mir hatte. Dieser schlaksige, blonde Brillenträger war niemand anderer als Gecko Schlick, ein Mitgefangener im grauen Schulalltag.

Für einen Moment herrschte Schweigen. Dann sagte Gecko, mit einer Stimme wie der junge Grönemeyer:

»Oh, ich glaub, ich hab, äh, ich wollt nur ...«

Nach diesem gehaltvollen Statement sah er in die Runde, als ob es einen schlechten Trip zu verdauen galt.

Irinas Aussage war nicht weniger inhaltsschwer.

»Äh, Gecko, wart mal. Ich kann, äh, ich glaube, ich muß da ...«

Gecko schien das Gesagte nicht gehört zu haben.

»Ich glaub, ich geh besser wieder«, schlug er vor.

»Nein, *ich* hau ab«, warf ich ein und begann hastig, meine Klamotten zusammenzusuchen. Wer einen Wohnungsschlüssel besaß, besaß wohl auch das größere Recht, im Revier verbleiben zu dürfen.

Als ich halbnackt die Stiege zur Haustür hinabstolperte, war ich beinahe froh über die Unterbrechung. Die endgültige, nicht auszuschließende Niederlage an der Erektionsfront war mir damit auf jeden Fall erspart geblieben.

Mit zunehmendem Fußmarsch Richtung Heimat wandelte sich diese Einschätzung allerdings. Im gleichen Maße, wie mir die Niederlage erspart geblieben war, war mir auch der Sieg verwehrt worden.

Die lang herbeigesehnte Gelegenheit, mit Irina Kirlikova den Beischlaf zu erproben, war vorbeigezogen. Ob es eine weitere geben würde, blieb fraglich. Immerhin tummelte sich ein gewisser Schlick in ihrer Nähe.

Seltsam, ich hatte die beiden nie zuvor ein Wort wechseln sehen.

Es hätte auch keinen Grund gegeben. Soweit ich wußte, war Schlick Mitglied der Pan-Europa-Jugend, einer rechtslastigen Organisation, deren Vorstellungen eines vereinten Europas sich hauptsächlich auf die Wiederherstellung der Grenzen von 1939 bezogen.

Während mir dieser Gedankenbrei den Kopf vergiftete, wurde ich zunehmend betrübt.

Als ich endlich zu Hause ankam, gab es daher nur eins. Einen Joint der Größe XXL und eine edle Flasche aus dem Weinkeller meines Vaters.

Während ich auf diese althergebrachte Weise versuchte, meinem Kummer den Garaus zu machen, stellte ich Überlegungen an, wie die erlebte Pleite zu verarbeiten wäre.

Als ich Wein und Hasch vernichtet hatte, wußte ich, was zu tun war.

Ich würde in naher Zukunft alles daran setzen, daß sie mich von der Schule schmissen.

Mit diesem beruhigenden Plan ging ich zu Bett und begann, die alten Phantasien von Irina Kirlikova abspulend, zu masturbieren.

Es war nicht mehr dasselbe.

DIE EITERNDE WUNDE IN DER NASENSCHEIDEWAND DES BLOCKWARTS VON GEGENÜBER

Letztens habe ich Mike Tyson getroffen. Er stand, den schweren Körper vergeblich mit einer Hand an den verschmierten Kacheln abgestützt, leicht schwankend vor dem Pißbecken in der *Karbunkel-Bar* und zielte unkonzentriert auf seine Schuhe.

Während ich ihn musterte, erschloß sich mir spontan die Bedeutung des Begriffs Wasserabschlagen, hatte das, was da aus seiner krummen Gurke heraussickerte, doch weit mehr mit der lebenserhaltenden Flüssigkeit als mit Urin zu tun.

Als er seine Blasenentleerung nach einem letzten Gruß auf seine Polyester-Sandalen zu Ende gebracht hatte, biß ich Tyson zur Begrüßung leicht ins Ohr. Dann erlaubte ich mir den Vorschlag, gemeinsam den nächsten Diät-Whisky in Angriff zu nehmen.

Ein mir unverständliches Schimpfwort murmelnd, gab der große Sportsmann sein Einverständnis, und so wankten wir gemeinsam zur Theke zurück, wo ich eine Flasche Hirnschwund kommen ließ.

Klar, daß ich diese seltene Gelegenheit nicht verstreichen lassen wollte, ohne meinem Zechkumpan ein paar delikate Informationen über den Boxsport aus der Nase zu ziehen. Mit einer unwirschen Geste machte der Altmeister des schnellen K.o.s meinem ersten Versuch in dieser Richtung allerdings ein vorzeitiges Ende. Er hätte keine Lust übers Boxen zu reden, behauptete er, das einzige was ihn zur Zeit beschäftigen würde, sei die Poesie. Und ob ich nicht Lust hätte, mir mal eins seiner Gedichte durch die Ohrmuschel zu ziehen.

»Klar«, sagte ich, denn schließlich weiß ich, was sich schickt, wenn ich auf Besucher aus dem Ausland treffe.

Tyson kletterte mühsam vom Barhocker, brachte sich in Positur und begann, wild mit dem Zeigefinger fuchtelnd, folgende Zeilen zu deklamieren:

Ein wilder Schläger soll ich sein
ein Killer, ein Irrer, ein beißendes Schwein
doch in mir drin, da bin ich zart
da steht mein Sinn nach Lebensart
da lieb ich die Blume, den singenden Käfer
den zerschossenen Dickdarm, den schlafenden Schäfer

»Und?« fragte er, kaum daß er geendet hatte.

»1A«, log ich unverblümt, »besonders die Stelle mit dem Dickdarm.«

»Okay, dann leg ich noch eins nach«, lautete Tysons nächster Satz.

Noch bevor er diese Drohung allerdings in die Tat umsetzen konnte, torkelte Harald Juhnke durch mein Sichtfeld. Durch lautes Johlen und heftiges Winken gelang es mir, das Berliner Urgestein in unsere Richtung zu lotsen.

Dankbar für die willkommene Abwechslung, spendierte ich Juhnke einen Magendurchbrecher und lud ihn ein, sich zu uns zu setzen.

»Sehr großzügig«, lallte er und pfiff sich den Drink mit einem Hieb in die durchlöcherte Speiseröhre, nur um das Glas mit einem Flachmann wieder aufzufüllen, den er aus den Falten seiner Kaschmir-Jacke zutage förderte.

Als er meines Thekennachbarn gewahr wurde, bot er sich an, einen Negerwitz zu erzählen. Zum Glück genügte eine kurze Erinnerung an seine letzte USA-Reise, um ihn von diesem Vorhaben abzubringen.

Stattdessen durften wir uns eine großzügig angelegte Schilderung seiner weiteren Pläne anhören.

»Morgen jeh' ich uff Entzuch und wenn ick det hinter mir jebracht ha'e, denn mach ick den neuen Bond, wa.«

»Den neuen was?«

»Den neuen Bond-Film. Ick spiel den nächsten Bond, fastehste? Harald Juhnke, Jeheimagent Null-Null-Sieben – die vierte Jännerayschen. Dit wird einschlagen wie 'ne Splitterbombe. Die mach ich alle noch ma naß, die jungschen Arschlöcher! Den Schweiger, den Bullenknecht ...«

»Ochsenknecht.«

»Wa?«

»Der Typ heißt Ochsenknecht.«

»Dit is mir doch scheißejal. Den Brüdern stopf ick den Schokoladenkanal bis zum Anschlach. Wenn ick den Bond übernehme, denn bleibt keen Ooge trocken, dit könnta ma glooben, wa.«

So ging es noch eine Zeitlang weiter, bis mir die Angeberei irgendwann auf die Synapsen schlug.

Um Juhnke in die Schranken zu weisen, erlaubte ich mir eine bösartige, aber durchaus statthafte Fangfrage.

»Sag mal, Harald, bist du denn überhaupt fit genug für so 'ne Rolle?«

»Ob ick fit jenuch bin? Ick fühl ma wie'n Zuchthengst.«

»Aber den Champion hier, den schaffst de nich', oder?« Ich wies mit meiner linken Hand auf Tyson.

»Wat denn? Die Dachpappe? Den pump ick wech. Den blas ick auf wie'n Ochsenfrosch.«

»Wie wär's denn mit 'ner Runde Armdrücken?«

»Hätt ick nischt dajejen.«

Ich wandte mich an Tyson, der in den letzten Minuten auffallend wortkarg geblieben war. Er starrte tranig in sein Schnapsglas und wackelte dumpf mit dem Kopf.

»Hey, Mike!« Ich kniff ihn zärtlich in die Wage und zog

seinen kantigen Schädel in meine Richtung. Dann erklärte ich ihm, was zur Debatte stand.

Er stierte mich an, als ob er mich nicht verstanden hätte, plazierte aber trotzdem seinen abgewinkelten rechten Unterarm auf dem Tresen.

Juhnke hatte sich unterdessen seines Kaschmir-Jäckchens entledigt, brachte sich ebenfalls in Position und legte seine schmale Hand in die Pranke des Ex-Weltmeisters. Von seinen Fingern war kaum noch etwas zu sehen. Trotzdem gab er sich siegessicher. Er grinste und reckte den Daumen der linken Hand nach oben.

Ich gab das Startsignal und machte mich dann durch das Menschengewühl Richtung Ausgang davon.

Als ich mich kurz vor der Tür noch einmal umwandte, sah ich Juhnke, der sich mit schmerzverzerrtem Gesicht das um neunzig Grad abgewinkelte Handgelenk hielt. Dann fingen meine Augen einen Blick von Tyson ein.

Er sah traurig aus.

Kein Wunder eigentlich. Denn wieder einmal hatte rohe physische Gewalt über zarte Lyrik den Sieg davongetragen.

VERMISCHTES

Über den Sinn von Kolumnen lässt sich trefflich streiten, stellt sich doch immer die Frage, ob die mehr oder minder prominenten Mitbürger, die der Käuferschar da auf ein oder zwei Seiten Benimm beibringen möchten, tatsächlich etwas zu sagen haben, oder einfach nur gern ihren Namen in gedruckter Form lesen. Ich selbst habe es daher, wann immer ich mich zu einer Kolumnistentätigkeit habe hinreißen lassen, stets als meine erste Aufgabe betrachtet, die oder den Herausgeber des entsprechenden Blattes sowie die dort tätigen Kollegen zu schmähen. Das erschien mir pädagogisch stets wertvoller als die Läuterung der Leserschar. Leider erschließen sich diese Texte in ihrer Gänze nur demjenigen, der die jeweiligen Zeitschriften und Fanzines, besser: das dort agierende Personal kennt, sodass ich für dieses Buch zwei der wenigen Kolumnen ausgewählt habe, die vom eben benannten Prinzip abweichen. Verfasst wurden sie jeweils für eine Literaturzeitschrift namens SUBH und zwar unter dem Pseudonym Achmed Hitler. (Ich fand die Vorstellung, dass sich der »Gröfaz« bei einem derartigen Missbrauch seines Namens durch meine Person mindestens tausendmal im Grab drehen würde, damals außerordentlich erquickend.) Als mir die Herausgeber irgendwann nahelegten, mir ein neues Pseudonym zuzulegen, um das Sinken der Abonnentenzahlen zu stoppen, wechselte ich für ein oder zwei Ausgaben zu Yengis Göring, stieß aber auch damit auf wenig Gegenliebe, sodass ich mich gezwungen sah, meine letzten im SUBH erschienen Kolumnen unter meinem richtigen Namen zu veröffentlichen.

VERLEGEN KANN DER MENSCH SEIN ICH ALLEIN

Welchen Brotaufstrich bevorzugt eigentlich Horst Mahler, der filzbärtige Grüßaugust vom Brandenburger Tor? Nun, ich weiß es nicht, und deshalb umgehend zu etwas Wichtigem. Es ist an der Zeit, einmal umfassend den Berufsstand des Verlegers auszuleuchten. Allzu lange schon verdrießt mir dieser Menschenschlag den Alltag mit nachgerade ungeheuerlichen Forderungen, skurrilen Fürbitten und abenteuerlichen Marotten.

Ohne Zweifel handelt es sich bei dieser seltenen aber besonders widerstandsfähigen Spezies um eine parasitäre Lebensform.

Der Verleger ernährt sich gleichzeitig von mehreren Wirtstieren (sogenannten Autoren), denen er in steter Regelmäßigkeit Textmaterial aus der Gehirngrütze saugt. Hierzu bedient er sich einer raffinierten Methode, die der junge Friedrich von Weizsäcker einmal treffend mit den Worten »Zuckerbrot und Peitsche« gekennzeichnet hat.

Mal schmeichelt der Parasit den Wirtstieren, verspricht ihnen weltweiten Ruhm und nationale Anerkennung, mal droht er mit Liebesentzug, Berufsverbot und schlechten Buchkritiken. Im Endeffekt ist es immer er selbst, der den Ruhm einfährt. Von staatlichen und kirchlichen Institutionen erntet er Lob für seine vermeintlich aufopferungsvolle Tätigkeit; in Mainz erhält er den V.O.-Stomps-Preis für sein feines Gespür und sein Talent, das Neue zu entdecken; von seinen Mitbürgern erhält er bares Geld.

Nun wäre dagegen nichts einzuwenden, zumal auch das Wirtstier zu einem gewissen Grad an den eingefahrenen Pfründen partizipiert (zumindest so lange, bis ihm die Gehirngrütze zu Gelee mutiert ist). Tagediebe, die ihr Auskommen durch eine bloße Vermittlertätigkeit finanzieren, sind dem bußfertigen Christen ja bereits hinlänglich aus dem Fußballsport bekannt. Es sei an dieser Stelle nur an Martina Effenberg oder die Ehefrau des Volxgenossen Hässler erinnert. Im Gegensatz zu diesen heroischen Streiterinnen um die Zahl hinter dem Komma, versteht es der Verleger aber, seine eigenen Interessen geschickt zu verschleiern. Egozentrische Neigungen verbirgt er hinter dem Schlagwort Idealismus. Monetäre Absichten verdunkelt er durch immer neue Appelle an seine Kundschaft, endlich Abos oder Buchbestellungen klarzumachen, um den »Kulturstandort Deutschland« (Sabrina Setlur) vor dem Verlust seiner vielleicht wichtigsten Attraktion zu schützen.

Damit nicht genug, belästigt der leidige Schmarotzer seine nähere Umgebung durch konstante Wehleidigkeit und ein unerschöpfliches Arsenal an Drohungen, Klagen und allgemeinem Psychoterror.

Ein Telefongespräch mit einem seiner Autoren verläuft ungefähr wie folgt:

»Hier Geifer. Ich brauch dich für 'ne Lesung.«

»Ja, wann denn?«

»Am besten gleich morgen.«

»Da hab ich eigentlich keine Zeit. Ich hab 'nen Termin beim Kieferchirurgen.«

»Is' egal. Es geht um den Verlag. Die Zukunft des gesamten Imperiums steht auf dem Spiel.«

»Na, ja. Wie hoch ist denn das Honorar?«

»Veranstaltet wird die Chose von 'nem linken Kulturprojekt. Das geht nur für lau.«

»Aber die Fahrtkosten sind doch drin?«

»Also 'nen Zwanni kann ich lockermachen. Aber ihr müsst euch die Kohle teilen. Ihr lest zu viert. Wenn ihr euch reinhängt, leg ich vielleicht noch 'ne Kiste Bier obendrauf.«

»Scheiße, ich bin seit zwei Jahren trocken.«

»Na und?! Trinkste halt 'n Alsterwasser.«

»Also ich weiß nich'. Ich hab diesen verkackten Abszess am Zahn und der Termin is' schon zweimal verlegt worden.«

»Tja, wenn du nicht lesen *willst* ... Also für die CD-Produktion seh' ich dann natürlich schwarz.«

»Warum denn das?«

»Weil ich dein Boss bin, du Flitzpiepe.«

Eins steht in jedem Fall fest. Egal, ob ihr bei den Jungliberalen seid oder regelmäßig Kegeln geht. Sollte die geplante Revolution im Jahr 2299 tatsächlich stattfinden, gilt es als erstes, den Berufsstand des Verlegers zu entmachten. Aus den enteigneten Büroräumen könnte der örtliche Kultursklaven-Rat doch 1A Trinkhallen machen – volkseigene versteht sich.

SCHLÜPFERSTÜRMER OHNE GESELLSCHAFTLICHEN AUFTRAG

Die gute Nachricht vorab: Alfred Dregger ist tot. Der alte Law-and-Order-Sklave und Kommunistenfresser (Lieblingswitz: »Freiheit oder Sozialismus«) hat das Zeitliche gesegnet. Und das sollte für uns, die wir eigentlich schon alles gesehen und erlebt zu haben glauben auf diesem einfältigen Planeten (zumindest virtuell), dann doch ein ausreichender Grund sein, den anlässlich der »Stunde Null von Tallinn« (M. Walser hätte aber zu Tallinn Riga gesagt) geplanten Suizid um ein paar Jahrzehnte zu verschieben. Schließlich wartet noch eine ganze Kohorte weiterer Jaucheschädel darauf, unter dem fröhlichen Klang unserer Schalmeien zu Grabe getragen zu werden. An dieser Stelle ein fröhliches winke, winke in Richtung der drei lustigen zwei aus der Braunkohlengrube - Gerhard Frey, Manfred Roeder und Horst Mahler -, begleitet von der aufrichtigen Hoffnung auf einen guten Flug. Oberst Rudel hat an Odins Tafel sicherlich schon eine schmucke Eckbank reserviert.

Bleibt noch die Frage zu erörtern, ob Django Dregger jemals Popstar war. Zu seiner Hochzeit auf jeden Fall. Kaum ein Fackelumzug zur »innerdeutschen Schandmauer«, der in den Siebzigerjahren auf seine Parolen verzichten konnte.

Heute allerdings hätte es der stramme Alfredo, der Zeit seines Lebens gern einen auf dicke Hose machte, auch bei bester Gesundheit schwer, die Charts noch einmal aufzumischen. Es hat ihm am Ende einfach am nötigen Image gemangelt.

Das haben dafür Günther Jauch und Oliver Kahn. Galt der erste noch vor knapp zwei Jahren als biederer Schwiegermuttertyp, der zweite gar bis gestern als Zugereister vom Planet der

Affen, so wird den beiden plötzlich allerorten ein überwältigender Sexappeal attestiert. »Er ist so männlich, so animalisch«, ereifern sich weibliche Fans ob der Frage, warum sie ihre grobporigen Wangen mit der Aufschrift »Olli« verunziert hätten. Und Quizblase Jauch wird mal eben per Zuschauerbefragung zum »erotischsten Moderator« des Landes gekürt. Daraus gilt es zu folgern, dass äußerliche Makel (zumindest beim männlichen Geschlecht) gern übersehen werden, so die aktuelle Lebensleistung nur als triumphal genug begriffen wird – was ja dem ein oder anderen Buckligen oder Kahlköpfigen unter den Lesern durchaus Antrieb zur gesteigerten Textproduktion geben könnte, so sich diese These denn auf den Literaturbetrieb übertragen ließe. Leider lässt sie sich nicht übertragen. Im Vergleich zu den Machern egal welcher Art von Rock- oder Popmusik zum Beispiel zieht der Schriftschaffende, was die erotische Ausstrahlung betrifft, immer den Kürzeren. (Sich an dieser Stelle einen Kalauer zu verkneifen, ist schwer aber machbar, wie das Geschriebene, besser: das nicht Geschriebene, beweist.) Selbst die Berühmtesten unter den sogenannten Popliteraten müssen, wenn es um die Anzahl spontaner Sexualkontakte nach Auftritten geht, manch Schülerband den Vortritt lassen. Um diese Aussage zu belegen, sei mir ein kurzer Ausflug in die eigene Vergangenheit gestattet. Im Jahr des Herrn 1999 hatte ich das Vergnügen, die Deutschrockkappelle Die Schröders auf eine Kurztournee zu begleiten. Im Rahmen dieser Reise kam es zu einem gemeinsamen Konzert mit den Lemonbabies, an dessen Ende eine kleine Orgie im Backstagebereich abgehalten wurde. Zu dieser Festivität stieß irgendwann ein junger Cordhosenträger mit Kurzhaarschnitt, der sich als Benjamin von Stuckrad-Barre vorstellte.

Ungefragt berichtete der nicht unsympathische Stutzer von verschiedenen literarischen Erfolgen, wobei er es nicht versäumte, den durchgehend weiblichen Mitgliedern der Lemonbabies unschickliche Avancen zu machen. Allein, es sollte ihm nicht gelingen, einen Treffer zu landen, da sich die überaus aparten Damen im Verlauf der nächsten Stunden in ihrer Gesamtheit den Schröders zuwandten, mit denen dann allerlei unzüchtige Schäferspiele veranstaltet wurden.

»Aber ich bin's doch: Benjamin von Stuckrad-Irgendwas. Ich will *auch* eine abhaben!«, höre ich den gefeierten Jungstar noch greinen, während er gänzlich allein gelassen einer Kiste Bier zuleibe rückte. Ja, da habt ihr's, liebe Kinder: Literarischer Ruhm und sexuelle Attraktivität - das geht nur selten zusammen, weshalb mir gerade der Begriff Popliteratur als gänzlich verfehlt erscheinen will.

Oder um es mit den Schröders selbst zu sagen: »Das Leben ist kein Ponyhof.« Schon gar nicht für Menschen, die sich einer so weltfremden Tätigkeit wie dem Schreiben unterworfen haben.

Rezensionen habe ich nie gern geschrieben – es fällt mir wie den meisten Menschen schwer, die Wortkombinationen »finde ich gut« oder »gefällt mir nicht so sehr« mal eben auf das Fünfhundertfache aufzublasen. Und so sind nicht wenige meiner Buchkritiken denn auch aus nichts anderem als schnödem Geldmangel entstanden. Abgedruckt wurden sie zumeist in der Tageszeitung Junge Welt, was weniger mit der politischen Ausrichtung des ollen Stalinistenblattes zu tun hatte, sondern mehr mit der dort tätigen Leiterin des Kulturressorts. (Die Ausstrahlung einer charmanten Frau hat noch stets das Manko überholter Agitation zu überdecken gewusst – siehe hierzu beispielsweise Sahra Wagenknecht.) Auch bei dieser Nebentätigkeit habe ich gern auf Pseudonyme zurückgegriffen, zumeist weibliche. So war es denn auch eine gewisse »Sina Michalke«, die im Jahre des HErrn 2006 eine Kritik zu Wiglaf Drostes »Kafkas Affe stampft den Blues« unterzeichnete. Obwohl die Junge Welt diese Buchbesprechung extra bei mir in Auftrag gegeben hatte, sah sie sich später nicht in der Lage, sie zu veröffentlichen. Man wolle mich beschützen, hieß es dazu telefonisch. Droste sei derart eitel, dass ihn die ersten Zeilen meines Textes zu grausamsten Racheakten verleiten könnten. Ja, mit ein wenig Pech würde gar meine gesamte Karriere unwiederbringlich zu Ende gehen. Mein Einwand, dass mir ein abruptes Karriere-Ende immerhin Stoff für ein neues Buch liefern würde, wurde leider komplett ignoriert. Und so bleibt nur zu hoffen, dass Bruder Droste vielleicht im Hier und Jetzt …

WIGLAF DROSTE: „KAFKAS AFFE STAMPFT DEN BLUES“ (Edition Tiamat, 2006)

Grobgeschätzte fünf Jahre wird es mittlerweile her sein, dass ich Wiglaf Droste in kurzer Folge gleich drei- oder viermal im öffentlichen Raum herumzigeunern sah. Er wirkte dabei jedes Mal derart gecken- und gimpelhaft, dass ich umgehend beschloss, ihn fürderhin von der Liste meiner literarischen Favoriten zu streichen. Einem Sitzsack mit der Attitüde eines alternden Cäsaren vermag der zartfühlende Backfisch nun einmal keine parfümierten Taschentücher mehr auf die Bühne zu werfen. Als mir nun Drostes neuestes Werk auf den Nachttisch gelegt wurde, war ich naturgemäß skeptisch. Sollte ich dem geschmähten Barden eine letzte Chance einräumen? Nun, es mag der mir eigenen Sentimentalität geschuldet sein oder dieser kleinen, durch ein Übermaß an schwarzrotgoldenen Feldzeichen hervorgerufenen Krisis – eines lauen Juliabends griff ich jedenfalls zu »Kafkas Affe stampft den Blues« und fand, was ich nicht zu hoffen gewagt hatte: ein Lesevergnügen der interstellaren Extraklasse. Die Sprachgewalt, die mir da aus den knapp 240 Seiten entgegenschwappte und -protzte, suchte (und sucht) vergeblich ihresgleichen. Das deutsche Wortgut gehorcht Droste mit der Willfährigkeit eines Bootcamp-Insassen, und wenn es doch einmal aufsässig werden will, wird es so lange mit dem Ziselierhämmerchen bearbeitet, bis es ganz von selbst in die benötigte Form flieht. Hier hat einer seine Waffenkammern mit Qualitätsware gefüllt, die nun im großen Stil ins Gefecht geworfen wird. Ein Gefecht, das selbstredend nur als Abwehrschlacht verstanden werden kann; stellvertretend geführt für all jene, denen der wuchernde Wahnwitz, das nimmermüde mediale Schaumschlagen, der tägliche Auftrieb der Narren und Dummbeutel mindestens soviel Pein bereitet wie dem Autor selbst. Angesichts der zahllosen Fronten, an denen Droste seine Husarenstreiche reitet, könnte man fast schwermütig werden, wird doch das, was bisher einzig als - wenn auch beunruhigende - Ahnung im Restleib herumgeschwappt ist, mit einem Mal zur sicheren Gewissheit: Dem ewigen Strom von Neppern, Schleppern, Bauernfängern ist einfach nicht Herr zu werden. Dennoch oder gerade deswegen tut es gut zu wissen, dass da jemand wenigstens hin und wieder ein paar scharfkantige Brocken in die Fluten wirft. Die Trefferquote ist bei der schier unbegrenzten Auswahl an Zielen naturgemäß hoch. Ob sie sich nun als Chefredakteur, Hitlerdarsteller oder Uckermärker verkleiden, den hartnäckigen Speiseresten an Gemüt und Geschmackszentrum wird ordentlich das Fell versohlt. Und das mit einer Hingabe, die beim Leser zwingend den Wunsch aufkommen lässt, es möge immer so weitergehen. Allein die Wortkreationen munden wie eine Tasse Ayran in der Mittagshitze; allerorten »kasernenhoftont«, »flatulenzt« und »nöddelt« es herum, dass es nur so eine Art hat. Aber auch wenn Droste sich einmal milde zeigt, beispielsweise bei seinen ebenfalls im Buch enthaltenen Reisebeschreibungen und Konzertkritiken, will der Lesegenuss nicht nachlassen. Gelungene, mit allerlei Gescheitem und wirklich Wissenswertem panierte Beobachtungen bereiten eben selbst dann noch Freude, wenn sie einmal nicht das Ziel haben, die »alte katholisch-dogmatische Drangsal«, »fahl-haarige Beinfleischstreifen« oder »die Instanz für Gleitmitteltum und Gefallsucht« zu geißeln. Ein großes Buch, das in mir die Bereitschaft hat wachsen lassen, Wiglaf Droste auch live noch einmal meine Gunst zu gewähren. Das alberne Cover in der Manier eines schalen Altherrenwitzes sei ihm oder seinem Verleger bereits jetzt schon verziehen.

Die folgende Kritik habe ich ausnahmsweise mit dem größten Vergnügen verfasst, was sicherlich daran lag, dass ich das zu besprechende Werk überhaupt nicht kannte, ja, bis heute nicht kenne. Was bei gestressten Musikjournalisten, ohne dass ihnen dabei gleich eine betrügerische Absicht unterstellt werden soll, hin und wieder vorkommen mag, war hier ausnahmsweise Pflicht: Für eine Anthologie mit dem Titel »Kopfhörer - Kritik der ungehörten Platten« sollten Tonträger unter die Lupe genommen werden, die das Ohr des Rezensenten niemals erreicht hatten. Eine Gelegenheit, die ich zum Anlass nahm, mir die musikalische Entwicklung der in ihrer Frühphase von mir schwer verehrten Band Blumfeld schön zu schreiben. Die dabei Jochen Distelmeyer untergejubelten Textpassagen habe ich samt und sonders frühen Gedichten aus meiner Feder entnommen, was sich insofern anbot, als dass ich mich beim Verfassen eben dieser Gedichte nach besten Kräften aus dem distelmeyerschen Œuvre bedient hatte.

BLUMFELD:
„VERBOTENE FRÜCHTE“
(Sony BMG, 2006)

Wer Blumfeld bereits verloren glaubte, ja, wer, wie ich selbst, jederzeit bereit gewesen wäre, seine Plattensammlung darauf zu verwetten, dass die Band ihren Platz in der von Rolf Zuckowski angeführten Weichspüler-Polonaise in diesem Leben nicht mehr verlassen würde, der hat nun eilfertig die Geißel zu schwingen und blutige Abbitte zu leisten. Münchner Freiheit war gestern, ab heute regiert wieder die Hamburger Sicherheitsverwahrung. Das neue Album kommt mit einer Gnadenlosigkeit daher; als ob es die letzten zwölf Jahre nicht gegeben hätte. Wäre da nicht der ein oder andere Bezug zu jüngeren politischen Ereignissen, die Versuchung wäre groß zu glauben, es hier mit ausgegrabenen Aufnahmen aus der Anfangsphase der Band zu tun zu haben. »Verbotene Früchte« klingt wie die direkte Nachfolgerin von »Ich-Maschine«, nein, eher noch wie deren

Vorgängerin. Wenn Jochen Distelmeyer in »Der Apfelmann« von der Allmacht des Kerngehäuses singt oder in »Schmetterlings Gang« die Krankheit als unbedingte Voraussetzung zur Revolte beschwört, dann ist sie wieder da, die Lust an der Verzweiflung, die unbedingte Bereitschaft, das Stammesgebiet kraftspendender und berauschender Hoffnungslosigkeit nur unter Waffengewalt preiszugeben. Nach den Ursachen dieser nicht mehr für möglich gehaltenen Entwicklung zu forschen, erscheint ob der Freude angesichts des gelungenen Rittbergers mit vorwärtsgerichteter Schraube beinahe müßig. Sicher hat der Wandel etwas mit der Tatsache zu tun, dass sich Blumfeld von ihrem langjährigen Wegbegleiter und bisherigen Produzenten Chris von Rautenkranz getrennt und die Regler stattdessen dem ehemaligen The-Clash-Frontmann Joe Strummer überlassen haben. Die von Strummer vorgelebte Maxime »somewhere in my soul there's always rock'n'roll« hat der Band scheinbar den Weg zurück in die beiden fruchtbaren Doppelhaushälften namens Einsamkeit und Selbstverschwendung gewiesen. Rau und ungeschliffen klingen die Songs, herrlich depressiv wird da in Moll musiziert, und doch kündet die Platte von einer Spiel- und Experimentierfreude, die ihresgleichen sucht. Ob Schalmeien oder assyrische Zimbeln, ob ukrainische Mädchenchöre, das Stimmengewirr auf dem Flur einer Abschiebehaftanstalt – im verbotenen Fruchtfleisch hat sich allerlei Neues und Fremdartiges verbissen. Dabei klingt jede Strophe so, als hätte Alfred Hilsberg die Band gerade erst an den Verhandlungstisch gebeten. Auch Lars Precht, die neue Kraft am Bass, trägt unüberhörbar zur wundersamen Genesung des langjährigen Wachkoma-Patienten bei, erinnert seine Art, den minderen Status seines Instruments zur Waffe zu machen, doch wohltuend an Eike Bohlken, Blumfelds allerersten Bassisten. Den größten Anteil an der wiedergewonnenen Definitionshoheit hat jedoch, wie könnte es anders sein, Jochen Distelmeyer höchstselbst. Plötzlich sind sie wieder da, diese rätselhaften Texte voller Klarheit, die schon einer früheren Generation hormongeschwängerter Jungspunde die Kraft gegeben haben, den Fährnissen des Daseins die Stirn zu bieten: »Doch ganz in der Nähe / sitzt Neros Mätresse in ihrer neuen Schuluniform / zertrümmert das Hirn eines Sklaven mit einem Hockeyschläger aus Titanstahl / und gießt zwei Liter Sünde in sich hinein / eine Hanseatentochter / ein Eiswürfelgesicht / eine nubische Schleichkatze mit losem Maul / und darum runter mit der Maske / aber ach, geht ja nicht / kommt doch bloß rohes Fleisch zum Vorschein« (aus »Atem und Fleisch«). Ja, selbst das Gedicht hat seinen Weg zurückgefunden in den vernarbten Schoß der Blumfeld-Produktionen. Gleich zwei Tracks (»Tics« und »Tiere um uns«) kommen als reiner Textvortrag daher. Und auch hier entfaltet sich eine Magie, wird eine Kraft freigesetzt, wie sie andernorts nicht mal ein komplettes Arsenal an Klanggeräten zu erzeugen in der Lage wäre. »Aber wenn du aufwachen würdest / nur so dieterkrebsmäßig / zwei oder drei Gramm Lunge / in die Arena würgen könntest / für einen durchaus lieblichen Versuch / dann würde auch ich / dann würde auch ich / endlich wieder an Sprache glauben«, singt Distelmeyer in »Heiß die Segel!«. Wer »Verbotene Früchte« gehört hat, ist dieser Zweifel ledig; er hat den Glauben an die Sprache bereits zurückgewonnen. Die Hände zum Himmel!

Als mir anlässlich des hundertsten Jahrestages des Boxeraufstands Benjamin Leberts Erfolgsroman »Crazy« auf den Gabentisch gelegt wurde, war mein erster Gedanke der, dass ich ohnehin schon seit langem vorgehabt hatte, ein paar unnütze Konsumgüter bei Ebay einzustellen. Noch bevor ich allerdings dazu kam, erreichte mich ein Schreiben, das mich dazu einlud, für einen geplanten Sammelband mit dem Titel »Schäbige Schriften« einen »frei wählbaren aber unbedingt grottenschlechten Bestseller« zu verreißen. Meine Hoffnung, mit dem lebertschen Werk bereits über das diesem Vorhaben angemessene Buch zu verfügen, ging glücklicherweise auf, womit ein vermeintlich sinnloses Geschenk am Ende doch noch seine Berechtigung erhielt.

WUNDERBAR UNEITLE AUTOGRAMMJÄGER AUS DEM AKNETANK
(über Benjamin Leberts „Crazy")

Der Fairness halber möchte ich gleich zu Beginn dieser Rezension etwas preisgeben; etwas das niemanden, der weiß, welchem Beruf ich nachgehe, überraschen wird: Als ich Benjamin Leberts Erstling in einer leidgeprüften Zeit auf Anraten meiner Psychotherapeutin zum ersten Mal in die Hand nahm, habe ich schwer gehofft, ja darum gebetet, dass mir das Buch nicht gefallen möge.

Ein Sechszehnjähriger, der mal eben einen Bestseller verfertigt – es hätte mich umgehend in die Pfeifferschen Anstalten getrieben, wenn das Werk auch noch *gut* gewesen wäre.

War ich also voreingenommen? Selbstverständlich. Dennoch können die besten Vorurteile das »urinnerste Schiedsgericht« (H. Rosenthal) nicht völlig außer Kraft setzen; soll heißen: Wenn »Crazy« auch nur einen Hauch von Wert besitzen würde, es wäre mir nicht verborgen geblieben. Ich hätte es bloß keinem gesagt.

Zum Glück aber ist der Roman vollkommen nichtswürdig – eine öde Mischung aus der, von meiner kleinen Schwester in den Siebzigerjahren schwer verehrten Buchreihe »Internat Wespennest« und der, ebenfalls in derselben Epoche entstandenen Teenager-Schmonzette »Her mit den kleinen Engländerinnen!«.

Öder, gefühlsverwirrter Much, der dem Alter des Verfassers durchaus angemessen erscheint. Nichts also, was meiner Selbsteinschätzung als Jahrtausendautor und damit einer entspannten Obduktion des Traktats entgegenstehen würde. Also im Einzelnen: Die Handlung ist dünn und somit schnell erzählt. Der halbseitig gelähmte Ich-Erzähler wird von seinen Eltern (Mutter Heilpraktikerin, Vater Diplomingenieur) ins Internat abkommandiert, wo er nach mehreren vergeblichen Versuchen endlich die achte Klasse und irgendwann auch das Abitur bestehen soll. Bereits am zweiten Tag verliert er während einer mehr als dürftigen »Orgie« sein Jungfernhäutchen im Mädchentrakt. Der gebeutelte Leser hat bis dahin bereits achtzig Seiten verdauen müssen. Aber der Höhepunkt, der absolute Gipfel adoleszenten Revoluzzertums steht ihm noch bevor. Vollkommen keck, ja nachgerade närrisch geworden beschließt der Protagonist nur kurze Zeit später gemeinsam mit fünf Mithäftlingen, dem Internat spontan Adieu zu sagen. Ein Fluchtversuch der an Spannung und Action wohl seinesgleichen sucht. Mit dem Linienbus(!) geht es hinaus in die sündige Welt, sprich: nach München. Nachdem man dort ein Striplokal besucht hat, besinnt man sich der irgendwo doch recht schmackhaften Internatskost und kehrt – natürlich um ungezählte lebenswichtige Erfahrungen bereichert – geläutert in den Hort der Bildungsanstalt zurück. Und das war es dann auch.

Bis heute ist mir schleierhaft, wie es gelingen konnte, aus diesem mehr als dünnen Brett einen abendfüllenden Spielfilm zu produzieren. Noch beachtlicher allerdings will die Leistung erscheinen, aus den beiden eben geschilderten Anekdoten einen immerhin über 170 Seiten langen Roman zu zimmern. Solange jedenfalls bis man »Crazy« gelesen hat. Hier nämlich wird, ähnlich einem beliebten Verfahren der alten DDR-Gastronomie, das schmale Hauptgericht ganz einfach mit einer ebenso opulenten wie gesundheitsschädigenden Sättigungsbeilage aufgepumpt. Zwischen den wenigen Handlungshöhepunkten gilt es kilometerlange Dialoge zu überstehen. Dialoge, die das Leiden des Backfischs an sich selbst und an seiner Umwelt zum Inhalt haben. Gespräche die uns seine idealistische Weltsicht, seine klugen Gedanken und seine Sehnsüchte näher bringen sollen. Gespräche also, wie man sie selbst nach zwei Jahren Isolationshaft nicht hören möchte. Du willst ein Beispiel, Leser? Nein? Pech gehabt, Freundchen; schon ist das Buch auf Seite 121 geöffnet.

»Du willst dir ein Autogramm von Gott holen?« frage ich.

»Klar«, entgegnet Janosch. »Da kommt man sonst ja nicht so oft dazu.«

»Du bist wahnsinnig«, sage ich. »Meinst du wirklich, Gott gibt dir ein Autogramm?«

»Ja, Gott gibt jedem ein Autogramm«, erwidert Janosch. »Soviel Zeit hat er. Außerdem, glaube ich, hat er keine Starallüren.«

»Das weißt du doch nicht«, entgegne ich. »Gott ist doch der Star schlechthin. Meinst du nicht, daß es da unhöflich wäre, gleich ein Autogramm von ihm zu verlangen?«

»Nein. Gott wäre sicher geschmeichelt. So oft kommen Autogrammjäger ja auch nicht bei ihm vorbei?«

»Du bist verrückt«, entgegne ich.

Eine Aussage, der man sich von Herzen anschließen möchte. Und damit zurück vom Kirchentag in die angeschlossenen Funkhäuser. Kein Wunder, dass Elke Heidenreich dem Buch im Spiegel die Attribute »zärtlich«, »uneitel« und »wunderbar« zuteil werden lässt. Genauso wünscht sich der in die Jahre gekommene taz-Abonnent seine Zöglinge: von neckischem Gemüt, immer zu Träumereien aufgelegt und dabei doch liebenswert leer im Gehirnkästchen.

Habt ihr, habe ich selbst, als Jugendlicher so geredet? Wenn ja, so habe ich es dankenswerterweise vergessen. Aber nein! So kann es nicht gewesen sein.

Natürlich hat der Teenager ein Recht auf endloses, sinnentleertes Gestammel. Vorher sollte er allerdings die ein oder andere Haschzigarette konsumiert haben.

Und so bleibt nur zu hoffen, dass die lebertschen Dialoge der Phantasie entsprungen sind. Sollten sie der Wirklichkeit entlehnt sein, gilt es, sich um die eigene Rente schwerste Sorgen zu machen. »Ruft die Luftwaffe!«, möchte der aufrechte Christenmensch ausstoßen, nachdem er das Buch beiseite gelegt und sich den verdienten Liter Kosakengold in die Kehle gegossen hat.

Aber halt! Bevor mich jemand missversteht. Dem Eleven Lebert darf für sein Produkt natürlich kein Vorwurf gemacht werden. Der Bengel ist schließlich noch jung, da kann man unmöglich die für einen Künstler zwingend notwendige Selbsteinschätzung voraussetzen. Bedenklich erscheint mir höchstens der Umstand, dass hier jemand seine »besten Jahre« mit einer so einsamen Beschäftigung wie dem Schreiben vergeudet. Aber nun, das sei ihm selbst überlassen.

Nein, B. Lebert ist ohne Zweifel frei von Schuld. Dafür gilt es, den Kiepenheuer-und-Witsch-Verlag zu geißeln, der hier einmal mehr ein Buch vorlegt, um das ihn die Welt nicht gebeten hat. Ein Buch, das weder Erkenntnisgewinn noch Freude bereitet, dafür aber seinem Verfasser in fünf oder zehn Jahren eine schwere Persönlichkeitsstörung bescheren wird. Wer es trotzdem lesen möchte, dem sei anempfohlen, sich zeitgleich – quasi zum Erhalt des seelischen Gleichgewichts – den neuen Philipp Schiemann zu Gemüte zu führen.

Es gibt eine ganze Reihe von Mitbürgern, die der These anhängen, dass nur ein schlechtes Buch ein Vorwort brauche. Das mag sein. Trotzdem oder gerade deswegen habe ich nie gezögert, entsprechende Anfragen positiv zu beantworten. Wenn ich dazu beitragen kann, den ideellen Wert von Büchern der Konkurrenz zu mindern, will ich mich nicht verweigern. Im Falle des Kollegen Ploog sah das etwas anders aus. Hier war es tatsächlich eine Frage der Ehre, das Intro in den Marmor meißeln zu dürfen. Schließlich war und ist Jürgen Ploog der bestgekleidete Mann, den der Literaturzirkus je hervorgebracht hat. Wobei natürlich auch bei diesem Vorwort die eiserne Regel galt: »Erst den Text schreiben, dann das Buch lesen – wenn überhaupt.«

STIL IST DIE PHYSIOGNOMIE DES GEISTES

Es ist zehn Uhr zweiundzwanzig. Mit hoher Geschwindigkeit bewegt sich eine Kolonne gepanzerter Fahrzeuge die Avenida Trabajadores Desempleados hinauf. Radio Pjöngjang vermeldet die Aufnahme des Genossen Kim Jong-nam in die obersten Gremien des Landes. In der Abfertigungshalle des Flughafens drängen einzelne Menschen ohne ersichtlichen Grund Richtung Notausgang. Die Börse registriert einen unerklärlichen Anstieg der Verkaufsorders. Niemand hat die Absicht, eine Mauer zu errichten. Während der Aufzeichnung einer täglich zur Mittagszeit ausgestrahlten Talkshow kommt es im Publikum zu Selbstverbrennungen. In den Außenbezirken ist ein Anstieg der Eigentumsdelikte zu verzeichnen. Die Notaufnahmen der meisten psychiatrischen Einrichtungen müssen wegen Überbelastung kurzfristig die Pforten schließen. Der Oberbefehlshaber der NATO überrascht eine Abordnung irakischer Offiziersanwärter mit Solidaritätsbekundungen für den bewaffneten Arm der Hizbollah. Am Platz des gesunden Volksempfindens sollen Teile eines unbekannten Flugkörpers niedergegangen sein. Vom

Genuss lysergsäurediäthylamidhaltigen Wassers wird dringend abgeraten. Der Lebensmitteldiscounter Wal-Mart gibt bekannt, seine Löhne ab sofort in Naturalien auszuzahlen. Das Bundesverfassungsgericht tritt geschlossen zurück. Der letzte lebende KZ-Kommandant richtet sich selbst. Auf einer Tagung des Apothekerverbandes stimmen mehr als zwei Drittel der Teilnehmer für die unverzügliche Wiedereinführung der Schwarzen Blattern. Im Reichstag kommt es während einer Diskussion mit Vertretern des Opus-Dei-Ordens zum öffentlichen Koitus einzelner Abgeordneter. Eine Zensur findet nicht statt. Während Schwärme von Eichenprozessionsspinnern den Himmel verdunkeln, beginnt in der Chaussee der Impertinenten eine Gruppe hemdsärmliger Wirtschaftsführer mit dem Schächten eines aufgedunsenen Pferdekadavers. Der Versuch mehrerer Abtreibungsgegner, in den Sicherheitsbereich der neu gebauten Wiederaufbereitungsanlage vorzudringen, läuft angesichts der Tatsache, dass eben dieser Sicherheitsbereich zwischenzeitlich zur Begegnungsstätte für Alleinerziehende umfunktioniert wurde, vollständig ins Leere. Auf der Avenida Trabajadores Desempleados bewegt sich eine Kolonne gepanzerter Fahrzeuge mit hoher Geschwindigkeit Richtung Universität. Die Bürgersteige sind mit Geldscheinen übersät.

Es ist zehn Uhr zweiundzwanzig. Jürgen Ploog steckt ein Diktiergerät in die Innentasche seines Jacketts und verlässt sein Versteck.

Anthologie-Anfragen sind im besten Fall dazu geeignet, Reste zu verwerten, also Texte abzustoßen, die ansonsten ungelesen an den Erblassverwalter gehen würden. Soll heißen: Was auch nur im Entferntesten zum vorgegebenen Thema passt, wird auf die Reise geschickt. Hin und wieder sieht sich der klamme Autor aber auch gezwungen, auf eben diese Anfragen mit Produktivität zu reagieren. Im Anschluss ein paar Anthologie-Beiträge, die extra für die jeweiligen Bücher verfasst wurden. Der erste folgt der Aufgabenstellung, damals beliebte Fernsehserien zu persiflieren – in meinem Fall war das die einstmals äußerst beliebte Krankenhaus-Soap »Die Schwarzwaldklinik« –, die anderen besitzen eher biographischen Charakter.

DIE DONNERBALKEN-KLINIK – das Krankenhaus am Rande des Schnellen Brüters (#287)

Vorspann, Titelmusik (»Bist du gesund, dann komm vorbei. Hier liegst du wund, hast Spaß dabei.«)

Szene 1: Dienstzimmer Dr. Sack
(Dr. Sack, SS-Siggi der Zivildienstleistende)

Dr. Sack sitzt hinter seinem Schreibtisch, liest ein SM-Magazin. Es klopft.
Dr. Sack (heiser, erregt): »Moment. Einen kleinen Moment bitte.« Läßt das Heft hastig unter einem Stapel Akten verschwinden. Dann (dienstlich): »Ja?! Herein.«
SS-Siggi schlurft in den Raum. Er sieht mitgenommen aus. (Augenringe, fleckige, eingefallenen Wangen, die ansonsten ordentlich rasierte Glatze zeigt Stoppelbefall)
Dr. Sack (jovial): »Ah, unser Zivi.«

SS-Siggi läßt einen brodelnden Rülpser ertönen und taumelt leicht zur Seite.
Dr. Sack: »Aber nehmen Sie doch Platz.«
SS-Siggi läßt sich in den Sessel vor dem Schreibtisch fallen.
Dr. Sack: »Ja, Sie sind ja nun schon gute zwei Monate bei uns, da dachte ich, es wäre doch nett, wenn wir uns einmal unterhalten könnten.«
SS-Siggi grunzt und zieht Rotz durch die Nase.
Dr. Sack: »Also, was mich natürlich besonders interessiert: Haben Sie sich auf der Station denn schon eingelebt?«
SS-Siggi: »Großdeutschland.«
Dr. Sack (leicht verwirrt): »Äh, ja ... ja. Selbstverständlich.«
Und nach einer Pause: »Und wie ist das Verhältnis zu den Kollegen, also zu den *Kolleginnen*, besser gesagt?« (Lacht anzüglich)
SS-Siggi: »Wolfsschanze.«
Dr. Sack: »Ach so ... aha.«
Beide schweigen kurzzeitig.
Danach Dr. Sack: »Tja nun, wie ich gehört habe, haben sie dem Patienten Schmoll gestern nachmittag die Erlaubnis verweigert, den Schieber zu benutzen.«
SS-Siggi: »Jawoll.«
Dr. Sack: »Also, ich hätte gern gewußt, mit welcher Begründung.«
SS-Siggi: »'s' fronttauglich, der Mann.«
Dr. Sack: »Ach so ... aha, aha. Sie wissen aber, daß der Patient daraufhin das halbe Bett vollgekotet hat? Hat ja immerhin Thrombose in beiden Beinen, der Ärmste.«
SS-Siggi (eifrig): »Ich glaube, der Bursche simuliert, Herr Oberfeld.«
Dr. Sack (gütig): »Tja nun, das ist natürlich denkbar.«

Szene 2: Flur
(Dr. Steiß, Stationsschwester Gesine)

Dr. Steiß steht vor dem Kaffeeautomaten und wirft Münzen ein. Im Hintergrund taucht Schwester Gesine auf.
Schwester Gesine (aufgeregt): »Dr. Steiß, wir haben einen Notfall! Diverse Brüche und Risse in der Lunge.«
Dr. Steiß (abwesend): »Flicken Sie's irgendwie zusammen. Nehmen Sie Pflaster oder Bindfaden oder sowas. Ich hab zu tun; muß den Antrag für meine Mastercard ausfüllen.«
Schwester Gesine eilt davon.

Szene 3: Stationszimmer Frauen-Chirurgie
(Schwester Rita, Schwester Ingrid, Lernschwester Cordula)

Die drei Frauen sitzen am Tisch, trinken Bier und lassen einen Joint kreisen. Vor ihnen liegen wahllos verstreut diverse Medikamentenschachteln (zum Teil angebrochen).
Schwester Ingrid löst zwei Tabletten aus der Verpackung und wirft sie ein. Danach hält sie den Pillenstreifen in die Runde: »Hey, wollt ihr auch 'ne Rohypnol?«
Schwester Rita: »Nee Danke, ich nehm' lieber noch 'n Schlückchen Neurocil.«
Lernschwester Cordula, die gerade am Joint gezogen hat, hustet nur.
An der Tür leuchtet eine kleine Lampe auf und zeigt an, daß eine der Patientinnen ihre Klingel betätigt hat.
Cordula: »Es hat jemand geklingelt.«
Rita: »Das is' bestimmt die Schlampe aus der Zwölf. Hat sich wahrscheinlich aus lauter Langeweile mal wieder ihre Kanüle rausgerissen.«
Ingrid: »Könnte auch die Reimer sein. Die hab ich heute morgen vergessen aus der Badewanne zu nehmen.«
Nach einer Pause Cordula: »Wer geht denn hin?«

Ingrid: »Na, du natürlich.«
Rita: »Wer denn sonst?!«
Cordula (beleidigt): »Aber ich war doch schon die letzten sechs Mal dran.«
Rita: »Na und?! Deshalb bist du ja schließlich hier.«
Ingrid: »Das heißt ja nicht umsonst *Lern*schwester.«
Cordula erhebt sich widerwillig und schlurft davon. Als sie aus der Tür ist, schlagen Rita und Ingrid die Innenseiten ihrer Hände gegeneinander.
Ingrid: »Tja, das Vorrecht der Jugend heißt: Arbeit.«
Rita: »Na, ich wette, das kleine Miststück kommt sowieso wieder nicht allein zurecht.«
Ingrid: »Okay, ich halte dagegen. Ich setze das Sparbuch, das ich gestern der Prichodko geklaut habe.«
Rita: »Gut. Dann setze ich meinen Nachschlüssel zur Medikamentenausgabe.«
Beide warten gespannt.
Nach einer halben Minute kehrt Cordula zurück. Sie sieht blaß aus. Ihr Haar ist zersaust, auf ihrer Stirn sind Schweißtropfen zu sehen. Sie stammelt: »Die Karasek, die is' ... die is' so kalt, so steif ... Ich glaube, die is' ... Ich glaub, die is' tot.«
Rita (erwartungsvoll): »Und? Bist du klargekommen? Hast du den Puls gefühlt und so weiter?«
Cordula (abwesend): »Puls? Puls hab ich ... Nee, hab ich nich'.«
Rita (strahlend) zu Ingrid: »Na, also. Hab ich doch gewußt!«
Ingrid (grummelnd): »Was denn? Wegen so 'ner Kleinigkeit hab ich jetzt das Sparbuch verlor'n?«
Rita zu Ingrid: »Klar.« Und zu Cordula: »Na, nun komm, Mädchen, setz dich. Ich geb' einen aus.«
Cordula (weinerlich): »Aber wir müssen uns doch erst mal um die Karasek kümmern. Vielleicht hat sie ja doch noch Puls oder sowas.«
Rita (fröhlich): »Ach was, das machen wir später. Jetzt wird erst mal gefeiert.«

Szene 4: Flur vor der Notaufnahme
(SS-Siggi, drei Neueinlieferungen – männlich, jeweils auf einer fahrbaren Liege, bis zum Kinn mit Tüchern bedeckt)

SS-Siggi (steht zwischen den Liegen): »Nun Männer, ihr wollt alle in die Aufnahme. Ich werde jetzt die Reihenfolge einteilen. Also, wer ist Parteigenosse?«
Patient 1 (wimmernd): »Ich bin seit zwanzig Jahren in der SPD.«
SS-Siggi: »Aha, ein Bolschewik. Gut, du kommst überhaupt nich' dran. Du kannst nach Hause geh'n.« (SS-Siggi versetzt der Liege von Patient 1 einen Tritt.)
Patient 1 (immer noch wimmernd): »Aber ich kann gar nicht gehen. Mir ist ein LKW über den Fuß gefahren.«
SS-Siggi (Patient 1 ignorierend) zu Patient 2: »Und? Auch Kommunist?«
Patient 2 (auf der Seite liegend, ächzend): Nee, bin ich nich' ... Nie gewesen.«
SS-Siggi: »Ah, sehr schön. Und welcher Art ist die Verletzung?«
Patient 2 (verlegen): »Naja ... Ich hab da ... also ...«
SS-Siggi: »Na, raus damit! Wir sind doch unter Männern.«
Patient 2: »Na gut. Also ich hab da ein Rohr, ein Staubsaugerrohr im Dings ... im Verdauungstrakt, also im Arsch quasi.«
SS-Siggi (läuft rot an, brüllt): »Was?! Ich glaub, ich hör nicht richtig!«
Patient 2: »Doch, doch.«
SS-Siggi (brüllt immer noch): »Dich bring ich persönlich vors Erschießungskommando, du Saukerl.«
Danach zu Patient 3 (immer noch erregt): »Und du? Was hast du für Schweinereien auf dem Kerbholz? Hetztiraden gegen den Führer gehalten oder vielleicht Rassenschande betrieben?«
Patient 3 (das Gesicht zur Gänze bandagiert mit stark rollendem R): »Ich *bin* der Führer, du Wurm. Und ich liebe schwarze Muschis.«
SS-Siggi bekommt einen epileptischen Anfall.

Szene 5: ein Tisch in der Kantine
(Dr. Sack, Dr. Steiß, Dr. Klingenberg)

Dr. Sack zieht einen Flachmann aus seinem Kittel und kippt sich den Inhalt in die Kaffeetasse. Dann (in die Runde): »Ich hatte heute einen Fall ... also, ganz unglaublich, 'ne ganz unglaubliche Geschichte.«
Dr. Klingenberg: »Ich hab heute die neue Praktikantin drangekriegt.«
Dr. Sack: »Den ganzen Magen voller Einmachgummis. Also sowas habt ihr noch nicht geseh'n.«
Dr. Klingenberg: »Ich hab heute die neue Praktikantin drangekriegt.«
Dr. Steiß: »Wenn ich mich ranhalte, kann ich mir nächstes Jahr den Alfa kaufen.«
Dr. Klingenberg: »Ich glaub, sie heißt Hiltrud oder so.«
Dr. Sack: »Und als ich den Patienten dann hinterher frage, wie denn das ganze Zeug in seinen Magen hineingeraten ist ...«
Dr. Steiß: »Oder nehm' ich doch lieber den BMW?«
Dr. Klingenberg: »Vielleicht auch Gertrud.«
Dr. Sack: »Ja, beim Basteln, sagt er. Beim Christbaumschmuck-Basteln. Ist das nicht unerhört?«
Dr. Steiß: »Am besten wär's, ich nehm' beide. Den Alfa fürs Wochenende und den BMW für zwischendurch.«
Dr. Klingenberg: »Eventuell auch Hiltraud oder Trude.«

Abspann, Schlußmelodie (»Donnerbalken-Klinik, du bist unser ganzer Stolz – die Medikamente sind aus Süßstoff, die Spritzen sind aus Holz.«)

FLUTKATASTROPHE IM KESSEL DER ENTHUSIASTEN
Die Teens in der Braunschweiger Stadthalle

Ich war gerade in die sechste Klasse gewechselt, als meine Mutter urplötzlich verkündete, daß ich mein Zimmer in Zukunft allein aufzuräumen hätte.

»Bei aller Liebe, aber diese Monstren sind wirklich mehr, als ein Mensch ertragen kann«, stöhnte sie, während ich versuchte, mir die Erleichterung ob der zukünftigen Sicherheit meiner Privatsphäre nicht anmerken zu lassen.

Diese Monstren, das waren die Mitglieder der Hardrockformation KISS – meine neuesten Vorbilder im Kampf gegen die Sehnsucht, auf ewig in der Welt der Playmobil-Käufer zu verharren.

Für die damals horrende Summe von zehn DM hatte ich mir ein sogenanntes Posterbook gekauft, und nun zierten die brutal geschminkten Gesichter von Gene Simmons und Co. die Wände meiner ansonsten eher kindlich eingerichteten Schlafstatt. (Wobei es besonders die ellenlange Zunge des Bandleaders war, die meiner Mutter zu schaffen machte.)

Die unsägliche Musik, mit der die Bestandteile der Gruppe den Unterhalt ihrer zahllosen unehelichen Kinder erwirtschafteten, störte mich dabei wenig. Denn diese Musik kannte ich gar nicht. Trotz meiner Begeisterung hatte ich es bisher versäumt, mir von meiner aktuellen Lieblingskapelle einen Tonträger zu besorgen.

Meine Plattensammlung befand sich gewissermaßen noch im Aufbau; um genau zu sein, konnte ich erst ganze zwei Singles mein eigen nennen. Die eine war von den Gebrüdern Blattschuß, einem filzbärtigen, alkoholabhängigen Trio aus Berlin, das seine Herkunft mit dem Smashhit »Kreuzberger Nächte sind lang« abfeierte. Die andere trug den Titel »Gimme Gimme Gimme Gimme Gimme Your Love« – dargeboten von den Teens (Deutschlands erster Boygroup nach den Lords).

In Ermangelung einer Alternative ließ ich diese beiden Songs und die dazugehörigen B-Seiten abwechselnd auf meinem Plattenspieler rotieren – einem Billigprodukt aus dem Hause Dual, das besonders durch seinen im Deckel eingebauten Lautsprecher zu bestechen wußte.

Ob mich die gehörten Klänge dabei wirklich zu begeistern vermochten, kann ich heute nicht mehr sagen. Was die Teens anging, war das ohnehin nicht wichtig. Die fünf smarten Senkrechtstarter mit den eng sitzenden Röhrenjeans (die im übrigen ebenfalls aus Berlin kamen) *gut zu finden*, war weniger eine Frage des Geschmacks als eine der gesellschaftlichen Notwendigkeit. Wer vor den unbestechlichen Augen von Ilka Ranneberg, Cordula Tollkühn und Judith Moritz Gnade finden wollte (und das wollten alle Jungs aus meiner Klasse), der mußte nicht nur Olivia Newton-John und John Travolta, sondern eben auch die Teens zu seinen Favoriten zählen. Mit KISS konntest du bei diesen ebenso frühreifen wie gutaussehenden Geschöpfen keine Punkte sammeln. Nein, da war es schon wesentlich geschickter, das eigene Ich hinten anzustellen und bei Schulpartys wie ein Besessener den eingängigen Refrain von »1-2-3-4 Redlight« mitzugrölen.

Als mich Cordula eines Tages fragte, ob ich nicht Lust hätte, mir die Band einmal live anzusehen, sie würde am nächsten Wochenende in der Stadthalle spielen, konnte es für mich daher nur eine Antwort geben.

»Ja, klar. Auf jeden Fall.«

Auf meiner inneren Leinwand sah ich mich bereits mit dieser blonden Göttin Küsse austauschen, während sie oben auf der Bühne eine Ballade *nur für uns* spielten. Da galt es, vorher nur noch die Erlaubnis meiner Eltern einzuholen. Ich schnitt das brisante Thema beim Abendessen an.

»Kommt nicht in Frage«, sagte mein Alter und gab sich Salz aufs Radieschen.

»Nee, find ich auch nicht so gut«, sagte meine Mutter. »Du könntest da in irgendwas hineingeraten.«

Was auch immer meine Mom damit meinen mochte: Die Sache wäre normalerweise erledigt gewesen. Aber zum Glück war auch Cordula nicht frei von elterlichen Zwängen. Als ich ihr die unerfreuliche Nachricht am nächsten Morgen übermitteln wollte, stellte sich heraus, daß sie das Konzert in Begleitung ihrer Frau Mama besuchen würde.

Diese Information war nun durchaus in der Lage, meine Eltern umzustimmen. In Anwesenheit von Cordulas Mutter war die Gefahr von Drogenexzessen und Sexorgien sicherlich auf ein Minimum reduziert. Ich durfte also mit, erhielt allerdings die Auflage, spätestens um halb elf zu Hause zu sein.

Euphorisch föhnte ich mir zwei Stunden lang den mittelgescheitelten Stufenschnitt. Dann polierte ich meinen Grease-Badge auf Hochglanz (von den Teens besaß ich leider keinen) und zwängte mich in meine Lieblingsjeans. Nachdem ich das Ergebnis meiner Bemühungen im Spiegel kontrolliert und noch schnell ein wenig Abdeckstift auf einen keimenden Pickel geschmiert hatte, ging ich mich von meinen Erziehungsberechtigten verabschieden.

»Sieh zu, daß du pünktlich zu Hause bist« sagte mein Alter, während er einen Stoß Akten durchging.

»Paß auf dich auf, Junge«, sagte meine Mom und drückte mir einen Apfel sowie zwei Tüten Sunkist in die Hand, damit ich bei der zu erwartenden schlechten Luft etwas für meinen Vitaminhaushalt tun konnte.

Den Apfel schmiß ich ins Gebüsch. Dann klingelte ich an dem viergeschossigen Wohnblock, in dem Cordula und ihre geschiedene Mutter ein kleines Appartement bewohnten.

Es war die Herbergsbesitzerin selbst, die mir öffnete. Sie trug einen hautengen, weißen Hosenanzug ohne Ärmel und sah nachgerade bombastisch aus. Lange, dauergewellte Locken, engelsgleiches Gesicht, 1A Figur - ein Traum von Mutter. Genau die Sorte Frau, die in den Phantasien Heranwachsender - ihre Entjungferung betreffend - eine tragende Rolle spielt.

Ich kannte sie bereits, war schon des öfteren hier gewesen. Dennoch klang mein hingeworfenes *guten Abend* heute einen Hauch verlegen. Cordulas Mutter schien das nicht zu bemerken; und wenn doch, so überging sie es elegant.

»Geh einfach durch«, sagte sie. »Die anderen sind schon da.«

Die anderen, das waren (neben Cordula natürlich) Astrid Möllering, eine aknegeplagte Hackfresse, die in unserer *Clique* nur deshalb gelitten war, weil sie vier oder fünf komplette Jahrgänge der Fachzeitschrift Bravo ihr eigen nennen konnte, sowie Stefan Wendt, ein ätzender Typ aus der Parallelklasse. Augenscheinlich hatten sich auch andere Eltern großzügig gezeigt.

Was allerdings Stefan Wendt hier wollte, war mir schleierhaft. Der Typ interessierte sich ausschließlich für Fußball. Ich beschloß, ihn im Auge zu behalten.

Erst einmal galt es, die Aufmerksamkeit aber auf das neue Schlafsofa zu lenken, das Cordula zum letzten Geburtstag bekommen hatte. Eine Scheußlichkeit in rosa Pastelltönen.

»Das ist doch phantastisch, oder?!« fragte sie in meine Richtung, während sie sich vergeblich bemühte, ihren Gästen den *besonders einfachen* Mechanismus vorzuführen.

»Ja, echt super«, gab ich zur Antwort, wobei ich ihren knappen Rollkragenpullover bewunderte, der die ersten Ansätze von Brüsten verriet. Herrgott, die Mutter mochte meine Lenden beherrschen, der Tochter gehörte meine ganze Liebe, mein gesamtes aufrichtiges Sehnen.

Stefan Wendt, dem meine Faszination nicht verborgen geblieben war, warf mir einen überheblichen Blick zu. Ein Manöver, das ausreichte, mich meinen Plan, Cordula hilfreich zur Hand zu gehen, umgehend verwerfen zu lassen. Stattdessen schmiß ich mir ein paar Erdnußflips in den Rachen. Zum Glück gab unsere Gastgeberin ihr Unterfangen bald auf.

»Ach, ich zeig's euch ein anderes Mal. Laßt uns lieber noch ein bißchen Musik hör'n.«

Klar, daß sie die Teens auf den Plattenteller schmiß. Klar, daß wir – natürlich bei abgeschwächter Beleuchtung – zu tanzen begannen. Denn wir tanzten immer – zumindest wenn Cordula oder Ilka Ranneberg oder Judith Moritz uns unter sanftem Druck dazu anhielten. Das gab mir die Gelegenheit, meinen Konkurrenten genauer zu betrachten. Daß er sich wie ein korsischer Totengräber bewegte, wunderte mich wenig. Viel überraschender war seine Erscheinung. Stefan Wendt, der sonst eher rustikal gekleidet war, trug ein topmodisches Lacoste-Shirt. Mein kariertes Hemd nahm sich dagegen eher bescheiden aus. Ich beschloß, mich davon aber erst gar nicht beeindrucken zu lassen. Wichtiger als jeder äußerliche Schnickschnack waren ja doch die inneren Werte. Das hatte mir nicht zuletzt Dr. Sommer immer wieder versichert.

Meine Wachsamkeit überzeugte das wenig. Wegen Astrid Möllering hatte sich der Schwachmat garantiert nicht in Schale geworfen.

Ich versuchte dagegen zu halten, indem ich mir im Badezimmer noch einmal den Mittelscheitel nachzog. Wie alle, die in jenen Tagen etwas auf sich hielten, ließ ich stets einen Kamm aus meiner hinteren linken Hosentasche herausschauen. Als ich zurückkehrte, trug Cordulas Mutter gerade ein Tablett Sinalco ins Zimmer. Und dann nahte auch schon der Aufbruch. Wir hatten gerade noch Zeit, eine letzte Sichtung unseres Äußeren vorzunehmen.

In der Straßenbahn wurde deutlich, wie sehr uns das Ereignis bereits in seinen Bann geschlagen hatte. Es war für uns alle das erste Konzert, und obwohl jeder möglichst unbeteiligt und abgeklärt zu wirken versuchte, ließ sich unser Premierenfieber nicht verbergen. Stefan Wendt beackerte mit erhöhter Geschwindigkeit sein Wrigley's, Cordula berichtete unaufgefordert von dem Typen, den sich Judith Moritz im Ferienlager geangelt hatte (normalerweise ein Tabuthema), während Astrid Möllering hektisch an einem Stoffbären herumzupfte, den sie speziell für diesen Abend gekauft hatte.

»Der ist für Robby. Da hab ich extra diese Schleife dran befestigt. Hoffentlich kann ich ihm den nachher geben«, brabbelte sie, wobei sie mich nötigte, das gräßliche Tier in Augenschein zu nehmen.

Unter normalen Umständen hätte ich sie mit einem lässigen Spruch abgefertigt. Jetzt war ich geradezu dankbar für die Ablenkung, hielt sie mich doch davon ab, weiterhin wie ein Blöder an meiner Frisur herumzufummeln.

Nachdem wir ausgestiegen waren, steigerte sich die Unruhe noch. Vor der Halle standen Hunderte von Jugendlichen, zum größten Teil weiblichen Geschlechts. Sie waren im Durchschnitt zwei, drei Jahre älter als wir und sie waren ... *cool*. Sie standen in kleinen Gruppen zusammen, trugen Jeansjacken mit selbstgestickten Aufschriften und rauchten mit einer Selbstverständlichkeit, als ob sie ihr Leben lang nichts anderes getan hatten.

Ich war schon mal hier gewesen, hatte mir mit meinen Eltern eine Vorstellung der Wiener Sängerknaben gegeben. Damals hatte ich den grauen Betonkoloß gehaßt. Heute strahlte er etwas Magisches aus. Was hätte ich in diesem Moment dafür gegeben, ein paar Jahre früher auf die Welt gekommen zu sein.

Als die Türen endlich aufgingen, entwich der Masse ein gewaltiger Schrei. Dann stürmte alles den Eingängen entgegen. Auch wir fühlten den Sog, den Zwang der Stampede, aber Cordulas Mutter hielt uns zurück.

»Warten wir den größten Schwung erst mal ab«, sagte sie, und gut erzogen, wie wir waren, fügten wir uns.

So dauerte es etwas länger, bis die Enttäuschung über uns hereinbrach. Und eine Enttäuschung war unsere Platzwahl allemal. Unsere Karten zwangen uns auf einen Balkon, die sogenannte Empore, kilometerweit von der Bühne entfernt. Zu allem Überfluß mußten wir uns dort hinsetzen. Zwar war die gesamte Halle bestuhlt, aber unter uns hatten sie sich einfach auf die Polster gestellt. Hier oben war das anders. Hier oben saß man züchtig wie bei einer Ballettvorführung im Staatstheater. So hatte ich mir diesen Abend weiß Gott nicht vorgestellt. Und dann gelang es Stefan Wendt auch noch, sich den Platz an Cordulas Seite zu sichern. Ich konnte mich gerade noch neben ihn drängen, um wenigstens in Reichweite zu bleiben. Astrid Möllering quetschte sich auf den Sitz zu meiner Linken.

Kaum daß wir uns eingerichtet und die unter uns vibrierende Menge einer ersten Musterung unterzogen hatten, versuchte mein großmäuliger Nachbar mit einem angeberischen Statement so etwas wie Abgeklärtheit zu vermitteln.

»Irgendwie is' dieser Bau zu bieder für so'n Großereignis.«

In der Hoffnung, daß Cordula mich hören konnte, erlaubte ich mir, ihm brüsk zu widersprechen.

»Eine Superband wie die Teens kann jede Halle rocken.«

Wie zum Beweis meiner These wurde die Bühne urplötzlich in gleißendes Licht getaucht, und sofort begannen Hunderte entfesselter Kehlen a cappella die verheißungsvollen Silben »ti-ih-ih-enn-es« zu skandieren. Astrid Möllering ergriff spontan meine Hand und drückte sie heftig, die Finger schweißnaß vor Wollust und Erregung. »Ich glaube, das überleb ich nicht« schrie sie mir ins Ohr.

»Du schaffst das schon.« Nur mit Mühe gelang es mir, mich von ihrem Griff zu befreien. Ich verachtete sie mehr denn je in diesem Moment. Aber noch mehr bedauerte ich mich selbst, ganz einfach deshalb, weil es mir nicht vergönnt war, meinerseits die Hand von Cordula Tollkühn zu halten.

Und dann kamen sie auch schon, die *fünf rockenden Gören*,

die ich bisher nur von Postern und Plattenhüllen kannte – allen voran Robby, der Bandleader – und weiteres Selbstmitleid erübrigte sich. Ein einziges Toben und Kreischen setzte ein. Unter uns brach vollkommene Hysterie aus, und in den vorderen Reihen sahen sich die ersten Backfische genötigt zu kollabieren.

Die wenigen, die so pflichtbewußt gewesen waren sich hinzusetzen, erhoben sich wieder. Und auch wir sprangen auf und rissen, angesteckt von dem allgemeinen Taumel, die Arme nach oben.

»Yeah!« brüllte ich vollkommen entseelt.

»Zugabe!« brüllte Stefan Wendt, der eben ein rechter Sitzpisser und Walnußhirnbesitzer war.

Astrid und Cordula begnügten sich mit einfachem Kreischen. Selbst Cordulas Mutter ließ sich anstecken und kramte nervös eine Schachtel Lord aus ihrer Handtasche.

Robby trat mit federndem Schritt ans Mikrophon, fuhr sich durchs gutfrisierte Haar und schickte ein sattes Begrüßungslächeln ins entfesselte Rund. Eine Aktion, die umgehend mit weiteren Ohnmachtsanfällen honoriert wurde. Die sechs oder sieben Angehörigen der Johanniter, die die undankbare Aufgabe hatten, die Opfer aus dem Getümmel herauszuschleifen, machten bereits jetzt den Eindruck, als ob sie selber ein paar Kreislauftropfen nötig hätten.

Und dann spielten die *Spree-City-Rollers* ihren ersten Song. Zumindest sah es so aus, denn bei dem Höllenlärm um uns herum war alles zu hören, nur keine Musik. Zum Glück ging das Publikum recht bald dazu über, den Text mitzusingen. Gekreischt wurde nur noch vereinzelt, jedenfalls bis das Stück – ich glaube es war »We'll Have A Party Tonite-nite« – zu Ende ging. Dann setzte das Getöse erneut ein.

Nun war auch klar, warum der Veranstalter auf eine Vorband verzichtet hatte. Eine Vorband hätte es schwer gehabt. Selbst die Stones hätten an diesem Abend nichts gerissen. Von den Gebrüdern Blattschuß ganz zu schweigen.

Uwe, Robby, Alex, Jörg und Micha – die Idole einer ganzen Generation von Zahnspangenträgern – schafften sich richtig rein, spielten Hit um Hit und lieferten eine Bühnenshow, die selbst Status Quo zu einer sofortigen Überdosis gezwungen hätte. Mit durchgebogenen Knien peitschten sie sich gegenseitig die schweißnassen Mähnen ins Gesicht, wobei sie ihre Gitarren malträtierten, als ob es sich dabei um Untote handelte, die unbesiegbar waren, aber dennoch oder gerade deshalb ohne Pause gegeißelt werden mußten.

Währenddessen flogen ununterbrochen Wurfgeschosse auf die Bühne. Blumen, Stofftiere und liebevoll gefaltete Briefchen prasselten auf die Musiker ein wie Pflastersteine auf eine Hundertschaft Bereitschaftspolizisten, die den Auftrag hatte, das Jahrestreffen einer skandinavischen Bikervereinigung aufzulösen.

In der Pause kamen dann ein paar Roadies und stopften den ganzen Kram in ein Dutzend blaue Müllsäcke. Das örtliche Waisenhaus wird sich gefreut haben.

Wir nutzten die Gelegenheit, um unsere Position zu verändern. Auf Cordulas Geheiß verließen wir die Empore und drängten uns in die Menge, was Stefan Wendt die Gelegenheit gab, die Mädchen zu beeindrucken, indem er uns mit seinen Fleischmassen den Weg bahnte. Cordulas Mutter war vernünftigerweise zurückgeblieben.

Die hinteren Sitzreihen waren mittlerweile komplett verlassen. Dafür herrschte auf den Gängen ein aberwitziges Gedränge. Selbst ein Mutant wie Stefan Wendt konnte da irgendwann nichts mehr ausrichten. Knapp sechs Meter vor der Bühne blieben wir stecken.

Dennoch hatten wir eine Bombensicht. Als der zweite Teil der Show begann, konnte ich sogar das Amalgam in Robbys Freßluke erkennen.

Der Sänger war ohnehin das wichtigste Element des Geschehens. Eine einzige kreisende Bewegung seines Beckens vermochte spontane Wunderheilungen und plötzliche Selbsttötungen auszulösen, und auch ich ließ mich mitreißen von dieser Welle der Begeisterung, der Selbstaufgabe und der Opferbereitschaft, brüllte jede Zeile mit, an die ich mich erinnern konnte, und wenn mich die Erinnerung im Stich ließ, brüllte ich irgendetwas.

Um ein Haar hätte ich dabei sogar meine eigentlichen Pläne, ja beinahe hätte ich *Cordula Tollkühn* vergessen. Astrid Möllering holte mich in die Wirklichkeit zurück.

»Jetzt! Jetzt tu ich's!« krakeelte sie, gerade als Robbie sein charismatisches Lächeln in unsere Richtung schickte. Und dann schleuderte sie ihren Teddy der Bühne entgegen.

Er krachte mit voller Wucht gegen den Hinterkopf einer Blondine, die auf den Schultern ihres Begleiters ekstatisch hin- und herzuckte, und trudelte keine drei Meter von uns entfernt zwischen die stampfenden Füße der Fans. Astrid stöhnte entsetzt auf und schlug die Hände vors teigige Gesicht. Dann brach sie zusammen.

Ich winkte einen der rotgesichtigen Johanniter herbei, während Stefan Wendt sich in der ihm eigenen Idiotie daran machte, den völlig wertlosen und mittlerweile sicher schon vollkommen zerfetzten Liebesbeweis aus dem Meer der wogenden Beine zu befreien. Das war meine Chance. Inmitten der Massen war ich endlich allein mit meiner Teenagegöttin. Ich sah mich um. Sie tanzte völlig in sich versunken, keine drei Armeslängen von mir entfernt, wobei ihr makelloses Gesicht, von einem roten Scheinwerfer bestrahlt, ein gottgleiches Leuchten verbreitete.

Ich pirschte mich an, kämpfte mich unter Einsatz meiner Ellenbogen durch die Umstehenden, bis ich direkt hinter ihr stand. Ich betrachtete die zarten, goldenen Härchen in ihrem Nacken, ich betrachtete ihren wunderbaren Hintern. Dann spielte die Band die ersten Klänge von »Here I Stand«, und während um uns herum hunderte von Feuerzeugen entflammen, nahm ich all meinen Mut zusammen und legte ganz vorsichtig meine Hände auf Cordulas sich wiegende Hüten.

Eine Sekunde lang, eine unendliche Sekunde lang tat sich gar nichts, und ich war schon versucht, meine Handflächen ein paar Zentimeter nach oben gleiten zu lassen. Da hielt Cordula schlagartig in ihren Bewegungen inne und drehte sich zu mir um.

Und dann sagte sie etwas, das ich nicht verstehen konnte.

»Was?« schrie ich, angsterfüllt ob der drohenden Zurückweisung.

»Na endlich!«

Noch bevor ich die ganze Tragweite dieser Aussage erfassen konnte, hatte sie mich schon mit einer Hand im Nacken gepackt und mir ihre Zunge zwischen die Zähne geschoben. Ich geriet ein wenig aus der Fassung. Denn obwohl ich mir nichts sehnlicher gewünscht hatte, so hatte ich ehrlich gesagt doch nie damit gerechnet, daß der einsame Star der gesamten 6c meine Zuneigung erwidern würde. Aber meine Konfusion sollte sich noch steigern. Kaum daß ich auf Cordulas Küsse nämlich zaghaft zu reagieren begann, griff sie mir kurzerhand an die Stelle, anhand der uns Herr Horak, unser Englischlehrer, die Bedeutung des Begriffs »Zip« erläutert hatte.

Jesus, das war nun wirklich die Übererfüllung meiner Phantasien. Vollkommen überwältigt schloß ich die Augen. Nur zwei Sekunden später zwang mich ein brennender Schmerz in der linken Wange, sie wieder zu öffnen. Offensichtlich hatte mir Cordula eine Ohrfeige verpaßt. Überrascht sah ich meiner großen Liebe ins Gesicht. Sie starrte haßerfüllt zurück.

»Du Schwein!« zischte sie.

Was hatte das nun zu bedeuten? Hatte ich etwa, ohne es zu bemerken, eine Erektion bekommen? Und wenn ja, wäre das unschicklich gewesen? Schnell unterzog ich die entsprechende Stelle einer Überprüfung. Sie war klatschnaß. Aber auch die unteren Teile meines Hemdes und meiner Jeans waren durchtränkt. Eine Erklärung für dieses Mysterium fand sich nur einen Augenblick später. In der Innentasche meiner Jacke steckten zwei ausgelaufene Sunkist-Tüten. Heiland! Die mußten auf dem Weg durch das Getümmel zerplatzt sein.

Klar, daß ich Cordula dieses Mißgeschick sofort erklären, klar, daß ich umgehend Abbitte leisten wollte. Aber sie hatte sich demonstrativ von mir entfernt, hatte sich wieder der Band zugewandt. Mein Versuch, noch einmal mit ihr Kontakt aufzunehmen, wurde umgehend abgeschmettert.

»Hau bloß ab«, lauteten die Worte, die ich von ihren Lippen ablesen konnte. Was blieb mir anderes übrig, als das Feld zu räumen. Ich war noch zu jung, um mich weiblicher Allmacht zu widersetzen.

Gerade als ich geschlagen auf die Empore zurückschleichen wollte, tauchte Stefan Wendt vor mir auf. Seine Gesichtsruine wurde von einem akkurat debilen Grinsen aufgewertet.

»Ich hab ihn«, grölte er und schwenkte einen vollkommen verschmutzten Stoffbären durch die Luft, an dem eine zerrissene Schleife herunterhing. Die Teens spielten unterdessen die Takte von »It's Good To Have A Friend«. Der Song hatte für mich plötzlich mächtig an Bedeutung gewonnen.

Im Folgenden der Versuch, gleich eine ganze Reihe meiner Kollegen durch liebevolle Sticheleien bei gleichzeitiger Nennung ihres echten Nachnamens zu einer Reaktion zu verleiten, die im Hip Hop unter der Bezeichnung »Battle« geläufig ist. Dass die erwarteten Antworten ausblieben, war nur anfänglich überraschend. Welcher rechtschaffene Narzisst liest schon die Texte anderer?!

FEHMARN-STABREIM-MASSAKER

Im Jahr des Herrn 1970 oder '71 (wer mag sich schon an diese längst vergangene Epoche erinnern) hatte Jimi Hendrix, das wohl bekannteste Stasi-Opfer aller Zeiten, auf der Insel Fehmarn eins seiner letzten Konzerte gegeben (vielleicht war es auch das allerletzte). Klar, daß das erste gesamtdeutsche Festival krebskranker Underground-Literaten ebenfalls auf diesem heiligen Boden stattfinden mußte.

Organisiert wurde das folkloristische Großereignis von Osama bin Kerenski und Mufti Schönauer, zwei beinharten Geschäftsleuten aus Bad Soden, die es schon seit Jahren verstanden, die Ruhmsucht untalentierter Nachwuchsschriftsteller in Aktien, Villen und Segeljachten zu verwandeln. Auch diesmal hatten die Veranstalter rechtzeitig für ihren Schnitt gesorgt.

Jeder der circa dreißig Teilnehmer mußte 380 DM Startgebühr aufbringen; nichtsdestotrotz betrug der Preis für eine Eintrittskarte unverschämte 164 Kopeken. Den geneigten Besucher erwarteten dafür fehlende sanitäre Einrichtungen, fehlende Imbißstände und eine Bühne, die jeder Beschreibung spottete. Zum Glück gab es kaum Besucher.

Abgesehen von zwei volltrunkenen Puttgardener Bürgern, die sich ganz offensichtlich nur aus Versehen auf das Gelände verirrt hatten, bestand das Publikum ausschließlich aus Freunden und Verwandten der Auftretenden. Da die wenigsten aber Freunde besaßen, geschweige denn Verwandte, die sich zu ihnen bekennen wollten, verliefen sich in den Dünen, die die beeindruckende Kulisse zu diesem Jahrhundert-Event lieferten, gerade mal fünfundzwanzig Personen.

Hinter der aus Euro-Paletten gefertigten Behelfskonstruktion, auf der für die Stars ein Strandkorb und ein Megaphon bereitstanden, war die Aufregung dennoch groß. Das Fernsehen war da! Der Lokalsender Howacht hatte zwei Jugendliche mit Videokamera geschickt.

Der erste, der sich dieser Medienpräsenz stellen mußte, war ein filzbärtiger Radikalfeminist namens Hinrich Schreibyr. Er spielte zwei Boney M.-Stücke auf seiner Pan-Flöte, rezitierte Hermann Löns, sowie ein eigenes Werk mit dem Titel »Von der Unmöglichkeit Sol-Eier zu besamen«, erntete aber nur spärlichen Applaus. Ja, ein vollkommen desillusioniertes Publikum anzutauen, ist eben eine Aufgabe, die besondere Qualitäten erfordert. Auch der zweite Kandidat konnte in dieser Hinsicht nicht viel reißen. Er hieß Costa Flenter, kam aus Hannover und wurde vom lethargischen Moderator als Vorsitzender des größten deutschen Peter Maffay-Fanclubs angekündigt. Demgemäß sah auch der Auftritt aus. Blueslastige Schüttelreime zum Thema Feinripp-Unterwäsche. Das Auditorium quittierte das Elend mit ersten Flaschenwürfen.

Hinter der Bühne begann derweil der nächste Bewerber um das deutsche Literaturkarzinom sein Aufwärmprogramm. Leichtes Stretching, eine Milzschnitte und zwei Nasen Äther – dann sah sich Pucki Schiemann, ein ehemaliger Konditor aus Wipperfürth, in der Lage, seinen verchromten Aktenkoffer zu öffnen. Diesem High-Tech-Produkt aus dem Hause MCM entnahm er einen Gasrevolver, den er sich tief in den eigenen Schlund schob. Nachdem er zweimal abgedrückt hatte, enterte er mit einem entschlossenen Sprung die Kanzel und begann sich zu entkleiden.

Flenter zeigte sich ob dieser Aktion leicht irritiert, hielt aber unverdrossen an seinem Vortrag fest.

»Ein Winteranfang wie ein Herzversagen, ein Skianzug aus Schweinemagen – der Blues und ich und tausend Fragen.«

»Ekelbatzen! Ekelbatzen!« brüllte das Auditorium, während Schiemann seine Ganzkörpertätowierung und verschiedene Piercings freilegte. Flenter gab schließlich auf und so hatte Pucki Schiemann endlich das, was er dringender benötigte als Sauerstoff: ungeteilte Aufmerksamkeit.

»Jetzt kommt was, Leute! Meine Hommage an Peter Frankenfeld«, ächzte er ins Megaphon. Dann ging er rücklings in die Hocke und begann sich das Spundloch mit extrascharfem Löwensenf einzucremen.

Der Lokalsender Hochwacht schaltete auf Nahaufnahme, der Mob geriet in Raserei. Unaufgefordert warf er dem Künstler Geld und Kokain auf die Bühne. Unterdessen erlitt Kerenski, der sich im VIP-Bereich aufhielt, eine Fehlgeburt. Niemand hatte Zeit, sich darum zu kümmern. Heiland Schiemann zwang die Menge mit der Magie des wahren Entertainers in seinen eisernen Bann.

»Ein paar Worte noch zur deutschen Teilung«, kreischte er.

»Ja, gib uns Auskunft! Läutere uns, Göttlicher!« antwortete die Menge.

»Die Schandmauer muß ...«, elegante Kunstpause, »wieder aufgebaut werden!«

Das war zuviel. In der ersten Reihe kam es zu Selbsttötungen, ein Teenagerpärchen konvertierte spontan zum Koptentum, andere weniger euphorische Mitbürger begnügten sich mit dem Abfackeln ihrer Brustbehaarung. Lautstark, ja geradezu frenetisch wurde eine Zugabe gefordert.

»Kaviar-Uwe!« skandierte das Volk – eine Anspielung auf Schiemanns größten Charterfolg.

Aber der Künstler war zu erschöpft. Mit letzter Kraft riß er sich zwei seiner zahllosen Silberringe aus den Brustwarzen und schmiß sie ins Publikum. Dann ließ er sich von seinen Sklaven in den bereitstehenden Helikopter tragen. Er hatte noch einen Auftritt in Königswusterhausen zu tätigen.

Nur schwerlich waren seine Fans davon abzubringen, sich an die Rotorblätter zu hängen.

Um die allgemeine Hysterie wenigstens halbwegs in den Griff zu bekommen, entschlossen sich die Veranstalter, einen Bänkelsänger auftreten zu lassen. Der war eigentlich für den Schluß des Programms vorgesehen, hätte nur ein paar Zeilen in Gebärdensprache vortragen sollen. Jetzt bekam Hasso Ücker - so hieß der gutgeföhnte Wanderbarde aus dem Münsterland - seine große Chance. Und er nutzte sie.

Sicher, die Begrüßung war noch ein wenig von Nervosität geprägt.

»Hallo Sylt. Seid ihr im Haus?«

Aber dann dauerte es nur Sekunden, bis das Jungtalent ein wahres Feuerwerk der Melodien entfachte. Mit einem einzigen Barée-Griff ausgestattet, gelangen ihm tolle Interpretationen alter Disco-Klassiker. »Burroughs has no balls« und »Buk is dead« waren ebenso darunter wie die Hymne aller deutschen Hobbydichter: »Ein Joint, ein Bier, ein Unterrock - nenn mich Beatnik, nenn mich Schmock«.

Die Zuhörerschaft dankte es mit anhaltendem Gähnen und ausbleibenden Zwischenrufen.

Als Ücker zum Ende kam, hatten selbst die Flaschenwürfe nachgelassen. Danach war erst mal Mittagspause. Die Künstler konnten sich aus der Gulaschkanone ihren wohlverdienten Teller kalten Eintopf abholen, Miesmuscheln sammeln oder an der Verlosung des einzigen Groupies teilnehmen. Die schmierigen Veranstalter nahmen unterdessen eine Volkszählung vor. Viel Publikum war nicht mehr übrig. Fünf Personen waren durch Selbstmord, eine an Auszehrung gestorben. Die Puttgardener Bürger hatten sich klammheimlich davongeschlichen. Ganz im Gegensatz zu einer zehnköpfigen Gruppe Schiemann-Fans, die sich unter lautem Getöse Richtung Magdeburg aufgemacht hatte, um dort einen antimarxistischen Schutzwall zu errichten.

Die beiden Mitarbeiter des Lokalsenders eingeschlossen, verloren sich vor der Bühne gerade noch neun Menschen.

Moloch Chadde, den sympathischen Nachlaßverwalter Ernst Jüngers, konnte dieser Umstand nicht erschüttern.

»Mir doch egal. Meine Texte versteht eh keine Sau.«

Und so war es dann auch.

Nur gut, daß danach endlich ein Weib an der Reihe war.

Svetlana Sternberg aus einer Braunkohlengrube bei Eilsleben trug Selbstgeklöppeltes vor, das niemanden zu begeistern wußte. Im Gegensatz zu Chaddes Urschrei-Lyrik konnte der beschlagene Kunstliebhaber diesmal aber durchaus ein paar Brocken verstehen. Fernfahrerelend und Katzenstreu lauteten die Eckpunkte dieser anspruchsvollen Mundartdichtung.

Aber das alles war längst vergessen, als schließlich der erste Topact des Tages die Arena betrat. Hop Sing Hollis, einer der wenigen internationalen Gäste des Festivals, war angetreten, den einheimischen Versagern zu zeigen, daß die Meßlatte in Amerika doch ein paar Inches höher hängt als in deutschen Gefilden.

Sein Einstieg war großartig: »Ik bin ane Buttgardner«, grunzte er Cheeseburger kauend; ganz im Stile eines Saddam Clinton.

Doch dann: Was für eine Enttäuschung! Statt der erwarteten Spoken Word-Knaller langatmige Tiraden gegen Zwergwüchsige und andere Minderheiten. Das war mehr als unprofessionell, zumal in schlechtem Englisch vorgetragen. Schade auch, daß man den 1,50m kleinen Performer kaum sehen konnte. Obwohl er sich auf einen Barhocker gestellt hatte, war er mit bloßem Auge nur sehr verschwommen auszumachen.

Da war es fast eine Erlösung, als sich der imaginäre Vorhang endlich senkte und Platz schuf für einen bierbäuchigen Atomkraftgegner, der stilsicher mit Palästinensertuch und Nato-Parka auftrat.

»Hallo, ich bin der Jorsch aus Weißensee«, lallte er. Eingeweihten natürlich längst bekannt als Jorsch Heinrich Sisalmüller. Aber wer sind das eigentlich, die Eingeweihten? In der deutschen Undergroundszene doch nur Narren und pathologische Onanisten.

Auf Fehmarn jedenfalls war Jorsch Heinrich Sakralmeyer ein absoluter Nobody. Und diesen bitteren Umstand ließ ihn das Publikum nur allzu deutlich spüren. Zu groß war der Frust ob des schwachen Auftritts des Amerikaners, als daß jetzt noch jemand hätte Gnade walten lassen wollen.

»Verpiß dich, du Hoschi!« rief ein SM-Freak in der ersten Reihe.

Ein Schlachtruf, den die Umstehenden bereitwillig aufnahmen.

»Ja, hau ab!«

»Geh erst mal zum Frisör!«

»Oder nach drüben!«

Schmähungen dieser Art mußte der wackere Banalmüller fast im Sekundentakt über sich ergehen lassen. Aber er stand es durch, steckte es weg und begann - ganz Profi - seine in tausend Desastern erprobte Bühnenshow.

»Trinken für den Weltfrieden« hieß das Programm. Und das hatte es in sich. Nacheinander überantwortete der Künstler seinem durchbrochenen Magen sechs Halbliterflaschen Methylalkohol.

Als er sich den letzten Tropfen von den aufgesprungenen Lippen wischte, dabei - immer noch auf einem Bein stehend - mit der linken Hand den FDJ-Gruß imitierte, war auch der letzte Zweifler überzeugt. Jorsch Heinrich Digitalmeyer war ein Großer, ein ganz Großer und wenn überhaupt jemandem die kostenlose Chemo-Therapie in Tirana zustand, dann ihm.

Die Stimmung hatte einen Punkt erreicht, den nichts mehr überbieten konnte. Das spürten auch die Veranstalter, die dem neuen Helden der Massen gleich mehrere Zugaben zugestanden. Noch einmal drei Flaschen Methylschnaps, dazu ein Päckchen Marlboro Lights. Mehr ging nicht. Es war Zeit, den ersten Tag des Festivals besinnlich ausklingen zu lassen.

Diese Aufgabe übernahm das Martin Walser-Trio. Ein Zusammenschluß verkappter Ruhrpott-Versager. Schnulli Bopp, Rolex »Machine« Adelmann und Petra Marlony rockten die Arena, bis auch der Letzte seinen Teller Eintopf in die Dünen erbrochen hatte. Am Ende versammelten sich dann all die Auftretenden, die noch stehen konnten (und das konnten die wenigsten), zum großen Showdown auf den Euro-Paletten. Wunderkerzen schwenkend gedachte man den Opfern der vielen süddeutschen Poetry-Slams, gemeinsam sang man »Es geht ein Zug nach Nirgendwo«. Danach war endgültig Schluß. Selig und erschöpft begab man sich auf die Suche nach der zugewiesenen Strandburg.

Am nächsten Morgen dann Ernüchterung. Mufti Schönauer und Osama bin Kerenski waren mit der Kasse getürmt. Nicht daß wirklich jemand mit einer Gage gerechnet hätte. Dennoch hatte es Pläne gegeben, die beiden Immobilienhaie um ein wenig Bargeld zu erleichtern. Moloch Chadde besaß immerhin eine Schußwaffe.

Von diesem Vorhaben mußten Mufti und Osama Wind bekommen haben. Anders war der überhastete Aufbruch nicht zu erklären. Kerenski hatte nicht nur seine Fehlgeburt, sondern auch eine brandneue Ausgabe der Zeitschrift Superillu zurückgelassen. Das war bezeichnend.

Leider blieb der Verlust der Einnahmen nicht die einzige Hiobsbotschaft des beginnenden Tages. Kaum daß die aufgeregte Literatenschar ihr Seetang-Gratin eingenommen hatte, verbreitete es sich wie ein Lauffeuer. Ulrich Wickert hatte abgesagt. Eine Nachricht, die den Lokalsender Hochwacht umgehend veranlaßte, seine Zelte abzubrechen. Das war ein doppelter Schicksalsschlag. Zum einen hatte man sich von Wickert eine umfassende Analyse des Hier und Jetzt, des Woher und Wohin erhofft, zum anderen gab es ohne Medienpräsenz eigentlich keinen Grund, die Veranstaltung fortzusetzen. Wer hat schon Lust, vor sieben Leuten aufzutreten? Und selbst wenn es mehr gewesen wären – ohne TV und Presse machte auch die schönste Lesung keinen Sinn. Was nicht in der Zeitung steht, was nicht in der Glotze läuft, hat schließlich erst gar nicht stattgefunden.

Für das Saalpublikum interessierte sich ohnehin niemand. Warum auch? Wer so naiv war, sein wohlfeiles Taschengeld für eine Rotte Gescheiterter auszugeben, hatte nichts anderes als Mißachtung verdient.

Sicher, Arnulf Samson, ein Schüler Otto Mühls, versuchte noch einmal, die Dinge in Schwung zu bringen. Aber seine Just-do-it-Nummer war zu abgelutscht, als daß sie noch irgendwen hätte umstimmen können.

»Freunde, laßt uns die Gunst der Stunde nutzen! Laßt uns improvisieren! Ein Rollenspiel vielleicht, oder Partnertausch. Auf jeden Fall sollten wir erst mal ein Plenum abhalten«, krähte der brillentragende Psychopath aus der Hansestadt.

Gut, daß Commander Chadde seine Mauser am Start hatte.

Ein Schuß zwischen die Augen, dann hatte sich auch das erledigt.

Geschlossen machte man sich auf den Weg zur Trampstelle. Das heißt: nicht *ganz* geschlossen.

Neben der Leiche blieb eine einzige, ausgemergelte Gestalt zurück. Urs Xaver Krüger, der große Stilist in Sachen Heimatroman.

Dem Rufer in der Wüste gleich stand er auf der baufälligen Bühne und überzog die Abziehenden mit wüsten Schmähungen.

»So wartet doch! Wartet, ihr Arschfotzen! Ich war doch noch gar nicht dran. Ich wollte noch ein paar Kritiken zu meinem neuen Buch vorlesen.«

Noch einmal legte Moloch Chadde an. Aber diesmal verfehlte die Kugel ihr Ziel. Urs Xaver Krüger war einfach zu schmal und zu weit entfernt. Und so nahm das erste und bisher einzige Festival krebskranker deutscher Nachwuchsliteraten ein Ende, das seinen gallenartigen Nachgeschmack nur schwerlich verleugnen konnte.

DYNAMO OPFERGANG

Ich bin gerade dabei, meinen Reisepass von den Spuren vergangener Drogenexzesse zu befreien, als sich das Telefon in mein Bewusstsein fräst. Es ist Schlachtmann.

»Hör zu, wir müssen's abblasen. Ich kann unmöglich mit.«

Ich bin einigermaßen verblüfft ob dieser Eröffnung, versuche aber die Form zu wahren: »Wieso? Bist du krank?«

»Nein, mir geht's blendend. Und das soll bitte auch so bleiben. Ich habe zwölf Mal die Muscheln geworfen. *Zwölf Mal*, verstehst du?! Und Mami hat mir jedes Mal dringend abgeraten.«

Nun ist *Mami* nicht etwa Schlachtmanns Frau Mutter sondern eine afrikanische Gottheit namens Mami Wata, die vor allem in Voodoo-Kreisen verehrt wird. Schlachtmanns Begeisterung für diese Form der Religionsausübung ist mir nur allzu bekannt. Kaum dass er zwei Jahre zuvor anlässlich einer Ghana-Reise mit einer ihrer Anhängerinnen in Berührung gekommen war, hatte er in seinen Räumlichkeiten sogleich einen überdimensionierten Altar errichtet, auf dem sich handgeschnitzte Götzenbilder, mumifizierte Reptilien und weiterer, mit Babypuder überzogener Nippes tummeln. Dass er sich mittlerweile von Mami und ihren Anverwandten in seine Lebensentscheidungen hineinreden lässt, ist allerdings neu.

»Komm mir bloß nicht mit diesem Mummenschanz«, fahre ich ihn an. »Unser Flug geht um halb neun. Um sechs bist du hier!«

»Aber die Muscheln ...«

»Die kannst du in die Fischsuppe werfen! Wenn du nicht antanzt, schick ich deiner Freundin noch heute Nacht 'ne Mail mit diesen Aufnahmen, die wir bei deiner letzten Aftershowparty gemacht haben.«

Das ist zugegebenermaßen schweres Geschütz (wer steht schon darauf, die Bett- und Tischgefährtin mit Bildern konfrontiert zu wissen, auf denen nicht nur eine devote Blondine in SS-Uniform, sondern auch zwei äußerst agile Schäferhunde zu sehen sind?), aber die beklemmende Vorstellung, gänzlich allein durch dunkle, heruntergewirtschaftete Häuserschluchten zu schleichen, rechtfertigt jedes unlautere Mittel.

Wie zu erwarten, gibt Schlachtmann klein bei: »Gut, ich bin da. Ich muss allerdings darauf hinweisen, dass uns mit hoher Wahrscheinlichkeit ernsthafte *Schwierigkeiten* bevorstehen.«

Dass diese Prognose nicht unbedingt aus der Luft gegriffen ist, zeigt sich bereits auf dem Weg zum Flughafen. Wir laufen mit unserem Regionalexpress zwar pünktlich am Hauptbahnhof Hannover ein, schaffen es nach einem kurzen Sprint sogar noch in die abfahrbereite S-Bahn, müssen aber alsbald feststellen, dass wir die falsche Linie erwischt haben.

»Also nach Langenhagen fährt die hier nicht«, lässt sich Schlachtmann vernehmen, während er den ausgehängten Routenplan studiert. Seine Stimme verrät eine beinahe schon aufreizende Erleichterung.

»Nonsens«, sage ich und schiebe ihn beiseite.

Aber er hat Recht. Die Bahn, die wir so übereilt geentert haben, fährt nach Laatzen, nicht zum Flughafen.

»Verdammt, was jetzt?«, entfährt es mir.

»Tja, vielleicht sollten wir's einfach sein lassen. Ich meine, das ist doch ein weiterer glasklarer Hinweis auf die Unmöglichkeit unseres ...«

»Nichts da! Wir haben immer noch 'ne Dreiviertelstunde. An der nächsten Station steigen wir aus. Dann sehen wir weiter.« Als ob er meine Hoffnung nähren wollte, schickt uns der Allmächtige just in diesem Augenblick eine Zugbegleiterin vorbei.

»Tja«, sagt das Opfer langjähriger künstlicher Bräune, nachdem ich unser Problem kurz umrissen habe, »da müssen Sie in der Tat zurück zum Bahnhof. Der nächste Zug geht in zwanzig Minuten.«

Oha, das könnte eng werden. Also besser eine Droschke gechartert. Aber natürlich gibt es an dieser Vorortstation, an der wir den gottverfluchten Geisterzug endlich verlassen dürfen, keinen Taxistand. Dafür gibt es einen Zeitungskiosk mit funktionstüchtigem Humankapital.

»Gute Frau, hätten Sie wohl die Güte, uns ein Taxi herbeizutelefonieren. Wir sind in Eile«, rufe ich der Mutti hinterm Tresen zu.

»Bin ich das Sozialamt?«, quäkt die vom täglichen Feierabendkorn malträtierte Vettel.

»Das gewiss nicht, Madame. Aber mein junger Freund hier hat soeben den mäßig verwesten Torso eines sexuell sehr aktiven Nachrichtensprechers gefunden, den wir gern auf der nächsten Polizeistation abgeben würden.«

Keine fünf Minuten später sitzen wir im wohltemperierten Innenraum einer Mercedes-Limousine.

»Verdammt, das hätte ins Auge gehen können«, stöhnt Schlachtmann und beginnt hektisch in einer mitgeführten Plastiktüte herumzukramen.

Als er schließlich fündig geworden ist, hält er etwas in den Händen, das ich im ersten Moment für eine Karnevalsmaske halte. Aber mit Karneval hat Schlachtmann nicht mehr zu tun als das Grundgesetz mit dem Recht auf Lebensfreude. Bei genauerem Hinsehen entpuppt sich der leicht grindige Ballon als lupenreiner Schrumpfkopf.

»Heiland, du hast ja *wirklich* Leichenteile dabei!«

»Keine Sorge, nur eine Nachbildung aus Ziegenleder.«

»Den schmeißt du sofort aus dem Fenster!«

»Niemals! Wenn ich schon ins Verderben geschickt werde, dann nicht ohne meinen Talisman.«

Ich studiere seine rotierenden Augäpfel und entschließe mich, nicht weiter auf dem Thema herumzureiten. Ein guter Befehlshaber muss wissen, wann es an der Zeit ist, Nachsicht walten zu lassen.

Während uns ein Topmodel in der Uniform der Czech Airlines mit international gültigen Flüchen übers Rollfeld treibt, versucht Schlachtmann eine letzte Finte, indem er vorgibt, wichtige Herzmedikamente zu Hause gelassen zu haben.

»Kaufen wir alles in Kiew«, würge ich ihn ab und schleppe ihn im Polizeigriff weiter.

Die hasserfüllten Blicke der anderen Passagiere wirken auf mich wie Beifallsbekundungen. Dass wir es in letzter Sekunde doch noch an Bord geschafft haben, kann nur als gutes Omen gedeutet werden.

Der Rest der Reise inklusive eines Zwischenstopps in Prag verläuft dann auch ohne Zwischenfälle. Kaum dass wir ukrainischen Boden betreten haben, warten allerdings weitere Fährnisse auf uns. Pass- und Zollkontrolle scheinen noch aus einer Zeit zu stammen, in der der landesübliche Wortschatz so wohlklingende Begriffe wie »Volksfeind«, »Schädling« oder »Saboteur« zu bieten hatte.

Während wir uns in langen Reihen auf eine imaginäre Wartelinie zuschieben, an der eine weibliche Milizangehörige auf- und abmarschiert, um auch wirklich sicherzustellen, dass sich nicht plötzlich die Spitze eines Schuhs über den unsichtbaren Strich wagt, müssen wir beobachten, dass nahezu sämtliches Handgepäck einer gründlichen Durchsuchung unterzogen wird. Nun rächt sich meine während der Taxifahrt an den Tag gelegte Großzügigkeit. Vielleicht ist Schlachtmanns Schrumpfkopf wirklich aus Ziegenleder, aber das wird die zuständigen Organe mit hoher Wahrscheinlichkeit nicht interessieren. Ich sehe bereits die peinlichen Befragungen vor mir, an deren Ende dann das Einreiseverbot steht. Aber nun ist es zu spät, unter den

Augen der überall verteilten Büttel können wir das kompromittierende Souvenir unmöglich loswerden.

Ich drehe mich um und unterziehe meinen Reisegefährten einer Musterung. Er tritt von einem Bein aufs andere, als würde er unter Blasenschwäche leiden, schickt panische Blicke durch den Raum und lässt seine Finger auf der geschorenen Kopfhaut imaginäres Ungeziefer jagen. Er scheint also nicht nervöser zu sein als während der restlichen Stunden, die seit unserem Aufbruch vergangen sind. Leider wissen das die Zöllner nicht. Selbst auf einen Berufsanfänger muss Schlachtmann wie ein Drogenschmuggler wirken.

Da ich mir absolut sicher bin, dass sich Mami Watas düstere Weissagung nun gleich erfüllen wird, lasse ich, als wir schließlich an der Reihe sind, dem unglückseligsten ihrer Jünger den Vortritt. Warum noch unnötig Zeit verlieren bis zum fälligen Eklat?!

Tatsächlich braucht der schnurrbärtige Scherge, der sich um Schlachtmanns Habe zu kümmern hat, keine zwanzig Sekunden um den bizarren Glücksbringer ans Tageslicht zu befördern. Ich will schon intervenieren, will irgendwas von einem Kongress renommierter Völkerkundler in den Ring werfen, da geschieht das zweite Wunder dieses Tages: Der Zöllner lacht laut auf, hebt den Schrumpfkopf in die Höhe und vollführt mit der freien Hand eine Bewegung, die selbst in Taka-Tuka-Land noch als Symbol für das Durchtrennen des Halses verstanden werden durfte. Dann steckt er den Kopf zurück in die Tüte und gibt Schlachtmann mit einem aufmunternden Klaps auf die Schulter zu verstehen, dass die Kontrolle ihr Ende gefunden hat. Ob dieses Verhalten einfach als Ausdruck einer martialischen Lebenseinstellung verstanden werden kann, oder auf ein *grundsätzliches* Faible des ukrainischen Grenzsicherungswesens für okkulte Trophäen und Praktiken hindeutet, ist eine Frage, deren Beantwortung ich auf später verschiebe. Ich muss nun meinerseits mein Gepäck durchwühlen lassen. Danach gilt es gleich einen ganzen Packen schwerverständlicher Dokumente auszufüllen.

Als das erledigt ist, betreten wir die Empfangshalle des Flughafens. Hier müsste eigentlich ein Mitarbeiter des Goethe-Instituts stehen, dessen Hände ein Schild in die Höhe halten. Aber ein Schild ist nicht auszumachen, jedenfalls keins, das uns in Empfang nehmen möchte.

Wir irren eine Viertelstunde durch die Wartenden, dann wird es Zeit für eine Krisensitzung.

»Meiner Meinung nach sollten wir versuchen, umgehend die Heimreise anzutreten«, eröffnet Schlachtmann die Debatte.

»Blödsinn! Wir haben doch den Namen des Hotels, in dem wir untergebracht sind, oder nicht?«

Der Angesprochene sieht schweigend auf seine Sandaletten.

»Oder *nicht?*«

»Doch ... haben wir.« Mürrisch zieht Schlachtmann ein zerknittertes Fax aus seiner Jacke.

»Gut, dann erst mal da hin.«

Wir tauschen ein paar Scheine und besteigen das erstbeste Taxi. Unser Fahrer geht bereits auf die Sechzig zu, verfügt aber über den beeindruckenden Brustkorb eines aktiven Gewichthebers. Wir zeigen ihm das Fax und deuten auf den Namen des Hotels. Er nickt wissend.

Während er seinen Kleinwagen mit voller Fahrt über eine vierspurige Straße lenkt, rollt er den rechten Ärmel seines Hemdes hoch und präsentiert uns lachend eine Narbe, deren Ausmaße auf den Angriff eines ausgewachsenen Höhlentrolls hindeuten. Ich meine, den begleitenden Sätzen das Wort Afghanistan zu entnehmen. Nachdem wir dem Prunkstück die notwendige Anerkennung gezollt haben, richtet sein stolzer Besitzer einen Zeigefinger auf uns. Offenbar erwartet er Auskünfte über unsere eigene Militärzeit. Zwar sind weder Schlachtmann noch ich der Landessprache mächtig, dennoch beeilen wir uns, gestenreich von diversen Spezialausbildungen zu schwadronieren. Müßig zu erwähnen, dass es sich dabei hauptsächlich um das Säubern von Darmausgängen und das Einreiben mit Franzbranntwein gehandelt hat.

Der Afghanistan-Veteran jedenfalls scheint zufrieden.

»Deutschland gut! Hitler gut!«, sagt er und lächelt gewinnend.

Seine Passagiere konzentrieren sich daraufhin eisern auf die überall in der Landschaft verteilten Rohbauten.

Als die Fahrt schließlich ihr Ende nimmt, befinden wir uns nicht wie erwartet im Zentrum, sondern in einem eher ländlich gearteten Vorort. Auch haben wir zu unserem großen Erstaunen kein Hotel vor der Nase, sondern ein Einfamilienhaus. Während wir noch über diese Merkwürdigkeit sinnieren, ist der Kutscher bereits dabei, unser Gepäck auszuladen. Und so bleibt uns nichts, als ebenfalls auszusteigen.

Gerade als wir das getan haben, öffnet sich die Haustür und gibt den Blick auf ein circa sechzigjähriges Frauenzimmer frei, deren voluminöser, an einen aktiven Gewichtheber gemahnender Brustkorb nichts anderes als den Schluss zulässt, dass wir es hier mit der Lebensgefährtin unseres Chauffeurs zu tun haben. Verdammt, was geht hier vor? Werden wir gleich Zeugen der viel beschworenen osteuropäischen Gastfreundschaft oder sind wir einfach nur an eins dieser *aufgeschlossenen* und *toleranten* Paare mit *ausreichend Tagesfreizeit* geraten, von denen es – zumindest an der Heimatfront – ja mittlerweile so einige gibt. Einen heißen Wodka mit Zucker könnte ich durchaus vertragen, für einen *Sandwich* mit wechselndem Belag erscheint es mir dagegen reichlich früh. Wir haben es gerade mal zwei Uhr nachmittags.

Schlachtmann ist die Situation ebenfalls nicht geheuer.

»Wir sollten da auf keinen Fall reingehen«, sagt er mit Blick auf die doch eigentlich recht einladende Kate. Wahrscheinlich hat er als Kind zu häufig *Das Wirtshaus im Spessart* vorgelesen bekommen.

Nun ist es natürlich ein Leichtes eine Verweigerungshaltung zu formulieren, die Umsetzung derselben ist häufig schon schwierigerer, und wenn sich - wie in diesem Fall - rustikale Jovialität mit schierer Muskelkraft paart, sogar ganz unmöglich. Ehe wir uns versehen, werden wir schon durch die Räumlichkeiten geführt. Durch eine blitzsaubere Küche geht es in eine Art Fernsehzimmer, das eine erkleckliche Anzahl unterschiedlichster Häkel- und Strickarbeiten präsentiert, dann eine schmale Stiege hinauf in einen Raum, der zwei Stockbetten beherbergt. Einladend schüttelt die Dame des Hauses die Kopfkissen auf, während ihr Gatte unser Gepäck ablädt. Aha, daher weht also der eisige Hauch der Taiga: Wir sollen hier Quartier nehmen.

Nun spräche noch nicht mal etwas dagegen, denn die beste Basis, um Land und Leute kennen zu lernen, ist von jeher die Privatunterkunft gewesen. Im Geiste sehe ich uns bereits mit unserem Herbergsvater eine Flasche Selbstgebrannten verkosten, während das ihm angetraute Weib einen Kessel Blutwürste auf den Küchentisch wuchtet. Dann aber fällt mir ein, dass die Mädchen und Buben vom Goethe-Institut vielleicht nervös werden könnten, wenn wir nicht beizeiten im Hotel einchecken. Wir sind schließlich nicht zu unserem Vergnügen hier. Vielmehr haben wir den Auftrag, den Eingeborenen einen erhellenden Einblick in das Lotterleben deutscher Schriftschaffender zu gewähren. Drei Auftritte gilt es in den nächsten vier Tagen zu absolvieren, zwei am germanistischen Seminar der hiesigen Universität, einen in einem Wohnheim für ehemalige Robbenfänger auf der Krim. Bei allem Bedauern, wir werden auf die Blutwürste und den 98prozentigen verzichten müssen - die Pflicht geht vor! Ich halte einen längeren Vortrag über die Bedeutsamkeit unserer Mission, komme auf die internationale Lage zu sprechen und ende mit einem pathetischen Bekenntnis zur Völkerfreundschaft, dann schnappe ich mir meine Tasche und schicke mich an, die Stufen hinab zu steigen. Noch bevor ich allerdings die Hand ans Geländer bekomme, packt mich die Hausmutter mit festem Griff am Oberarm und beginnt auf mich einzureden. Es entbrennt ein längerer Disput aller Beteiligten, der insofern müßig erscheint, als keine der beiden Diskussionsparteien die Sprache der jeweils anderen versteht.

Es muss unbedingt eine Kommunikationsform gefunden werden, die unabhängig vom Mundwerkzeug funktioniert. (Nicht dass es am Ende noch zu Handgreiflichkeiten kommt ...) Aber was könnte das sein? Ganz klar, das allgemeingültige Vokabular des Geldes. Ich entnehme meiner Börse einen Fünfzig-Euro-Schein und halte ihn unseren potentiellen Wirtsleuten unter die vor Empörung funkelnden Pupillen. Augenblicklich kehrt Ruhe ein. Dann werden stumme Blicke ausgetauscht.

Nur einen Moment später sitzen wir wieder im Taxi.

Unser Chauffeur macht noch immer einen verstimmten Eindruck, sieht mürrisch geradeaus, dennoch hat die Fahrt etwas Friedliches. Die Möglichkeit, dass wir auf irgendeinem einsamen Acker mit ausgefallenen Nahkampfkenntnissen vertraut gemacht werden könnten, scheint weitestgehend ausgeschlossen. Demgemäß spricht nichts dagegen, sich entspannt in die Polster sinken zu lassen, die Augen zu schließen und sich noch einmal die Sicherheitsbelehrung der als Stewardessen verkleideten tschechischen Schönheitsköniginnen ins Gedächtnis zu rufen.

Als sich die schweren Lider wieder heben, rollen wir bereits über die Auffahrt des Hotels – eine Bettenburg mit mindestens vierhundert Zimmern, deren Fassade in all ihrer *realsozialistischen* Pracht einen Anblick bietet, der nur als erhebend bezeichnet werden kann. Nachdem wir ausgeladen haben, stellt sich heraus, dass der Fünfziger zwar die entgangenen Mieteinnahmen nicht aber den Transport abdeckt. Da derselbe jedoch in Griwna bezahlt werden kann, gibt es keinen Grund, den Abschied durch müßige Feilschereien hinauszuzögern.

Grußlos klemmt sich der Kutscher hinters Steuer, grußlos wende ich mich dem Gepäck zu, als Schlachtmann plötzlich laut wird. »Hitler scheiße! Deutschland kurva!«, ruft er der schwarzen Abgaswolke hinterher.

Hoppla, so energisch kenne ich ihn ja gar nicht. Und: Ist *kurva* nicht polnisch?

Ich erlaube mir eine entsprechende Bemerkung und erhalte folgende Antwort: »Kurva ist international: genau wie der Geist der antifaschistischen Bewegung.«

Nachdem das geklärt ist, traben wir zur Rezeption und erkundigen uns nach den reservierten Zimmern.

Die Antwort fällt düster aus. Es gibt keine.

»No Sir, there is nothing, neither for Slacktman and Oblomov, nor for the Goethe-Institute«, sagt die gelangweilte Angestellte, als ich nachhake.

Verdammt, was jetzt?! Zurück zum Gewichtheber-Stützpunkt? Unmöglich. Wir werden uns hier selbst etwas buchen müssen. Erfreulicherweise gibt es noch freie Zimmer - und zwar zu original Westpreisen: neunzig Euro fürs Einzel-, hundertzwanzig fürs Doppelzimmer! Wir nehmen das für hundertzwanzig.

Immerhin, die Aussicht ist ihr Geld wert: Wir blicken aus dem achtzehnten Stock auf eine Straße von der Breite dreier Fußballfelder - in der Mitte ein Kriegerdenkmal ähnlicher Größe. Wahrscheinlich haben sie hier früher Panzerparaden veranstaltet.

Schlachtmann vollzieht auf dem Fensterbrett irgendein Schutzritual, bei dem jede Menge Babypuder zum Einsatz kommt, ich studiere derweil das Fax unserer Gastgeber. Unsere Reisekasse hat bereits schwere Einschnitte zu verbuchen gehabt - so kann es nicht weitergehen. Wir brauchen endlich einen Kontakt zu diesen dreimal verfluchten Institutsknechten. Ich entdecke tatsächlich eine Telefonnummer, wähle die Rezeption an und bitte darum, eine Verbindung herzustellen. Es knarzt und knackt minutenlang in der Leitung, dann dringt die komplett unverständliche Ansage eines Anrufbeantworters an mein Ohr.

Ich lasse mich dadurch nicht beirren, sage den vorbereiteten Text auf und schließe mit der Bitte, um eine dringende Rückmeldung. Zur Sicherheit wiederhole ich den kompletten Hilferuf auf Englisch.

Im Anschluss wird es Zeit, sich um die Nahrungsaufnahme zu kümmern. Schlachtmann schlägt vor, im Hotel zu speisen, mir schwebt eher etwas Gediegenes vor. Dummerweise sind die Speisekarten der Taverne, in der wir schließlich landen, komplett in Kyrillisch gehalten. Nun heißt es auf Gott vertrauen! Mit der Selbstsicherheit alt gedienter Analphabeten tippen wir irgendeine Nummer an – sozusagen das Überraschungsmenü. Ich habe Glück, bekomme einen durchaus appetitlichen Fleischhappen mit Sättigungsbeilage, Schlachtmann dagegen hat mit seinem Eintopf aus Innereien und gebrauchten Bremsbelägen schon heftiger zu kämpfen. Zum Glück ist sein Magen durch den häufigen Konsum von *Fufu* perfekt austrainiert.

Begleitet vom steten Rauschen des Verkehrs begeben wir uns danach zu Bett. Morgen wird sich alles finden ...

Tatsächlich hat sich nach dem Aufstehen rein gar nichts gefunden. Keinerlei Meldung vom Goethe-Institut, und das, obwohl doch heute Abend unser erster Auftritt ansteht. Ich lasse noch einmal eine Telefonverbindung herstellen, bekomme aber wieder nur den Anrufbeantworter an die Strippe. Diesmal decke ich ihn mit allem ein, was mir an deutschen und englischen Fäkalausdrücken zur Verfügung steht.

Um vor lauter Warten nicht irre zu werden, beschließe ich, mir die Stadt anzusehen. Schlachtmann hat keine Lust, will lieber *seine Ausrüstung in Ordnung bringen*. Also ziehe ich allein los und entdecke Folgendes: U-Bahnstationen, in denen kilometerlange Rolltreppen mit einem Gefälle von nahezu neunzig Prozent kerzengerade ins Dunkle fuhren; Halbwüchsige, die bis zu drei Dutzend mit langen Ketten versehene Handys am Gürtel tragen und als lebende Telefonzellen fungieren; alte Mütterchen, die auf dem Bürgersteig hocken und einen einzigen Kohlkopf an den Mann zu bringen versuchen.

Als ich derart touristisch übersättigt am frühen Nachmittag ins Hotel zurückkehre, finde ich meinen Zimmergenossen einigermaßen aufgeregt vor. Er sitzt komplett angezogen auf dem Bett und ist gerade dabei verschiedene Lebensmittel, darunter eine Kokosnuss, zu einem handlichen Bündel zu verschnüren. Noch bevor ich die Gelegenheit erhalte, ihn zu fragen, ob sich das Institut endlich gemeldet hat, ist er schon aufgesprungen und redet hektisch auf mich ein: »Gut, dass du da bist, wir müssen sofort los. Ich habe mit Mami gesprochen. Unsere einzige Chance, aus der momentanen Misere herauszukommen, besteht in einem großen Ritual. Und das kann und darf nur am Wasser stattfinden. Wir müssen zum Dnepr.«

Nun ist der Dnepr ohne Zweifel ein Strom, dessen Anblick ich mir selbst gern zu Gemüte führen würde. Auf Hexenwerk und faulen Zauber kann ich dabei allerdings gut verzichten. Stellt sich nur die Frage, wie ich das Schlachtmann begreiflich machen soll. Er sieht wild entschlossen aus. Ich muss Zeit gewinnen.

»Wofür brauchen wir die Lebensmittel?«

»Als Opfergabe natürlich.«

Natürlich! Die Götter warten sicher schon auf die drei Flaschen Fanta, die staubtrockenen Kekse und die Familienpackung Zahnpflegekaugummi. Die Kokosnuss nicht zu vergessen ...

»Wo hast du das Zeug überhaupt her?«

»Vom Roomservice.«

Jesus, bei den in diesem Etablissement regierenden Preisen wird das unserer Barschaft ganz sicher den Todesstoß versetzen. Ich will schon zu einer Strafpredigt ausholen, schlucke meinen Ärger aber tapfer hinunter, weil mir in eben diesem Moment, die gewünschte Ausrede in den Sinn kommt.

»Hör mal, wie wär's, wenn du da allein hinfährst, zum Dnepr. Ich fühle mich nicht so gut, hab mir beim Marsch durch die Stadt wahrscheinlich so 'ne Art *Pseudokrupp* zugezogen.«

»Unmöglich. Ich brauche jemanden, der mir assistiert.«

»Dann nimm irgendwen vom Hotel mit.«

»Es muss jemand sein, der mich versteht.«

»Mag ja sein. Aber ich kann nicht. Ich bin eindeutig unpässlich.«

»Wenn du nicht mitkommst, schicke ich *deiner* Freundin die Aufnahmen dieser unglückseligen Aftershowparty.«

»Hat das Institut angerufen?«

»Nein.«

»Okay, dann lass uns los.«

Bei den vorherrschenden Temperaturen ist es natürlich nur allzu verständlich, dass das Flussufer von allerlei Ausflüglern gesäumt wird. Halb Kiew scheint sich hier zum gepflegten sonntäglichen Picknick versammelt zu haben, dennoch gelingt es Schlachtmann, nach circa einstündigem Auf- und Ablaufen, eine Stelle auszuwählen, an der die Menschendichte besonders hoch ist. Na, am Ende wird es egal sein, ob wir uns vor zwei- oder vierhundert Zuschauern zum Affen gemacht haben.

Vor den neugierigen Augen zahlloser Groß- und Kleinfamilien beginnt der ungelernte Aushilfs-Priester seinen Budenzauber, indem er unter Zuhilfenahme der unverzichtbaren Babypuderdose ein Fünf mal Fünf Meter großes magisches Symbol auf den Boden streut. Dann werden Räucherstäbchen angesteckt und Weihrauchklumpen abgefackelt. Ich versuche derweil zentimeterweise in Richtung einer schützenden Imbissbude zu robben, werde aber kurz vor der Ziellinie von Schlachtmanns Stimme gestellt, die plötzlich eine geradezu unheimliche Autorität besitzt.

»Komm her! Es kann losgehen«, befiehlt er und ich folge seinen Worten, als ob die Mächte des Voodoo bereits Besitz von mir genommen hätten.

Erstaunlicherweise lassen sich die Dinge recht harmlos an. Schlachtmann murmelt ein paar Gebetsformeln, die alsbald in einen leisen Singsang übergehen, während ich nichts weiter zu tun habe, als einen Weihrauchschwenker zu halten und alle naselang in den Refrain einzustimmen, der hauptsächlich aus der Anrufung einer längeren Reihe von Mamis Ahnen besteht. Wir könnten zwei Althippies sein, die sich das letzte Acid geteilt haben und nun eine gemeinsame spirituelle Reise unternehmen. Nichts Gefährliches also und auch nichts, was da, wo wir unseren Wohnsitz angemeldet haben, unbedingt einen Menschenauflauf hervorrufen würde. Hier scheinen sich die Erfahrungen mit ausgeklinkten Freaks jedoch in Grenzen zu halten. Als ich in Zuwiderhandlung von Schlachtmanns strikter Anweisung kurz die Augen öffne, hat sich bereits ein größerer Kreis um uns gebildet.

Immerhin: Der Abstand, den die Leute einhalten, darf durchaus als respektvoll bezeichnet werden. Die Mienen wirken eher abwartend als bedrohlich. Hier und da vermeine ich sogar einen Happen Wohlwollen zu erkennen. Und siehe da: der Zuspruch ist tatsächlich noch steigerungsfähig.

Als Schlachtmann irgendwann aufspringt, um – nun unter lauteren Gesängen – weiteres Babypuder zu verschütten, machen aufmunternde Zurufe die Runde, während vereinzelt rhythmisches Klatschen einsetzt. Derart angefeuert fühle auch ich mich veranlasst, meine Performance zu steigern. Einem Schamanen gleich beginne ich den Oberkörper hin- und herzuwiegen, während Schlachtmann unter ekstatischem Gewimmer endlich den Schrumpfkopf ins Spiel bringt, mit dem er, die Hand in der Mähne, nun wie ein Derwisch auf unsichtbare Dämonen einzudreschen beginnt.

Ich bereite mich bereits darauf vor, dass gleich ein paar Münzen den Weg vor unsere Füße finden werden, aber als wir uns dem großen Finale nähern, kippt die Stimmung unversehens. Dass Schlachtmann die Fanta in den Dnepr gießt, wird noch relativ klaglos hingenommen. Als er der gelben Soße dann aber das komplette Bündel Lebensmittel folgen läst, ruft das echte Empörung hervor. Ich kann nicht verstehen, was die Leute schreien, aber es klingt nicht nach Zugaberufen. Auch das Aus- und Umtreten der Weihrauchkerzen wirkt alles andere als begeistert. Schlachtmann bekommt davon nichts mit, starrt – noch ergriffen von der Heiligkeit des Moments – der auf dem Wasser treibenden Kokosnuss hinterher. Ich dagegen sehe mich plötzlich mit drei Burschen konfrontiert, die ihrer Statur nach nur im Bergbau beschäftigt sein können. Bevor ich noch dazu komme, auf meine doch eher geringe Mittäterschaft in dieser Sache hinzuweisen, werde ich schon in die Höhe gehoben und nun ebenfalls dem Wasser überantwortet. Schlachtmann folgt nur einen Augenblick später.

Unsere Versuche wieder ans Ufer zu gelangen, weiß der Mob durch das gezielte Werfen von Steinen und Leergut zu verhindern.

»Gottverdammte Scheiße, das nächste Ritual sollten wir vielleicht in einem Land abhalten, dass über ein deutlich höheres Bruttosozialprodukt verfügt!«, keuche ich, nachdem mein Kopf nur kapp von einem Steinguttopf verfehlt worden ist.

»Ruhig Blut! Uns kann nichts mehr passieren. Die Zeremonie ist durchgeführt«, gibt der Verstrahlte an meiner Seite zur Antwort und zeigt dann zum Ufer: »Siehst du?! Die Rettung naht bereits.«

Tatsächlich! Da fährt ein Kleintransporter der Miliz in die Reihen der Plebejer. Gleich wird man uns aus unserer misslichen Lage befreien ...

Keine drei Minuten später sind es allerdings nicht unsere Peiniger, die in den vergitterten Laderaum gestoßen werden, sondern wir selbst. Die weltweit verbreitete Sehschwäche der Sicherheitsorgane.

Freudestrahlend waren wir unseren vermeintlichen Erlösern entgegengeeilt, nur um uns sogleich verhaftet zu sehen; selbstredend unter dem Beifall derjenigen, die uns gerade noch den Garaus hatten machen wollen. Ein oder zwei Minuten lang bleibe ich vergleichsweise ruhig. Auf dem Revier wird sich die Angelegenheit schon klären lassen, immerhin sind wir Ausländer und in mindestens semioffizieller Mission unterwegs. Dann aber steigt mir all das ins Bewusstsein, was wir da gerade unter den Augen zahlloser Zeugen veranstaltet haben, und mich beschleicht die dunkle Ahnung, dass es vielleicht gar kein Polizeirevier sein wird, zu dem man uns bringt. Für Vollgestörte, die in aller Öffentlichkeit Essbares im Wert eines durchschnittlichen Wochenlohns vernichten, gibt es hier in Kiew wahrscheinlich nur eine adäquate Unterbringung, nämlich die geschlossene Abteilung einer Nervenheilanstalt.

Bleibt nur zu hoffen, dass Schlachtmann ein paar Muscheln dabeihat, damit wir auf den kalten Kacheln der Isolierstation wenigstens ein zünftiges Orakel werfen können.

Als ich 1996 begann, mich auf die Suche nach Lesern für meine Texte zu machen, begab es sich, dass ich recht schnell auf Gleichgesinnte traf – also andere Pfeifen, die ebenfalls Selbstverfasstes aber kein Publikum ihr eigen nennen konnten. Um diesen Misstand zu kaschieren, tauften wir das, was wir taten, kurzerhand Underground. Das klang schön subversiv und vor allem nach ABSICHTLICHER Erfolglosigkeit. Der Begriff hielt sich allerdings nur kurz. Anlässlich eines Literaturfestivals, das zwei Acidheads aus unserer Mitte in Berlin zu veranstalten gedachten, wurde nach einem zugkräftigeren Begriff gesucht und nach dem Genuss diverser Löschpapierblätter auch gefunden. Social Beat sollte sich der Trübe-Tassen-Verein, dem wir uns zugehörig fühlten, von nun ab nennen. Warum genau, vermochte keiner zu sagen. Vielleicht wegen des Schlages, den wir alle weg hatten. Da das Festival nicht nur überraschend gut besucht war, sondern auch medial einige Beachtung fand, machte der Begriff bald die Runde und war erst aus der Welt zu kriegen, als sich die ersten »Social Beatnix« den goldenen Schuss gesetzt hatten oder nach Südamerika ausgewandert waren. Das nur zu Erklärung der folgenden Schmährede.

KEINE HAARE AM SACK, ABER IM SUBSTANZ „LA PALOMA" PFEIFEN (sechzehn unschuldige Fragen an die Fangemeinde)

Habt ihr mindestens eine Sucht am Hals?
Habt ihr alten, getrockneten Samen im Schlüpfer?
Habt ihr revolutionäre Gedanken, während ihr auf die Pizza vom Bringdienst wartet? Unterstreicht ihr eure Kreativität, indem ihr euch Löcher in die Hosen schneidet?
Reißt ihr Witze über die Darstellung von Gewalt?
Nehmt ihr alles locker?
Habt ihr Trinker und Selbstmörder zum Vorbild?
Seid ihr jung, häßlich und gefühlsarm?

Wenn ja, dann laßt was hör'n! Schmeißt Geld und Kokain auf die Bühne! Denn das hier ist Untergrund - arbeitsscheue Parasiten, die auf eure Kosten ein sorgenfreies Leben führen wollen.

Seid ihr der Meinung, eine Tätowierung sei ein Ausdruck von Individualität?
Habt ihr ein Stück Metall in der Nase?
Könnt ihr Bier aus der Flasche trinken?
Tragt ihr T-Shirts mit den Namen von Rockbands drauf?
Könnt ihr den Faschisten in euch beim Vornamen nennen?

Wenn ja, dann zeigt euch eure Geschlechtsteile und vergleicht sie miteinander!
Denn das hier ist Social Beat - Sozial Schlach, der neue Schwindel. Gutgenährte Kinder des Kapitalismus, die euch erzählen wollen, sie hätten den Lauf der Welt begriffen. Arschmaden mit Studentenausweisen, die vorgeben, sie hätten was mit Kunst zu tun.

Habt ihr ein gespaltenes Verhältnis zur Körperpflege?
Habt ihr das Gefühl, eure Jugend würde nie zu Ende geh'n?
Habt ihr Pickel am Arsch und Haare auf den Schultern?
Wenn ja, seid stolz drauf, denn das ist der Soziale Rhythmus.

Literatur für Leute, die glauben, eine Hauptrolle bei »Gute Zeiten, Schlechte Zeiten« sei das höchste Lebensglück.
Literatur für darmkranke Neurotiker.
Literatur für Onanisten.
Literatur für Schulversager.
Literatur für Narren.
Literatur für Arbeitsverweigerer.
Literatur für euch.

FRISCH ABGEHANGEN

PUNKROCK – WACHKOMA-PATIENT ZWEI NULL NULL SIEBEN

Nicht ein einziges namenloses Kreuz, nicht eine Urne auf der Bühne.
Stattdessen: schweißbedeckte Schmerbäuche
– schamlos schwingend und schwabbelnd
im Scheinwerferlicht,
speckig glänzend wie Schweinsleder.
Morsche, gichtgeplagte Knie, die die Last dieser in den langen Jahren des Stillstands herangezüchteten Fett- und Östrogen-Castoren nur mit Mühe in der Waage halten können.
Schlaffe, rotgeäderte Bäckchen.
Tätowiertes Armfleisch – so lappig wie eine Ziehharmonika nach zwanzig Minuten Vollwaschgang.
Das schüttere Haar zu einem freudlosen Lorbeerkranz aufgestellt.
Aber: den Bass noch immer auf Schnürsenkelhöhe,
die Parolen kämpferisch,
die Posen hasserfüllt wie eh und je.
Nur die Stimmbänder könnten mal wieder ein Verhör auf der Streckbank vertragen.

Zornige junge Männer aus dem Altensingkreis.
Die Väter-Generation.
Die Täter-Generation.
Die Generation Dosenbier.
Wandelnde Anklagen ihrer selbst,
die sich längst zu Füßen des Tenno hätten legen sollen,
verständlicherweise

aber endlich auch mal Kasse machen möchten
nach all den Jahren
zwischen den verschimmelten Eierpappen der Übungsräume
in den immergleichen Jugendzentren
vor den arroganten Habenichtsen mit der unreinen Haut.

Attitüde ist alles.
Haltung ist *nichts*!
Und in Berlin
im Frühherbst 2006
ein dreitägiges Festival
unter dem bedrückenden Logo
dreißig Jahre Punk.
Eine Nabel- und Narbenschau,
ein Ringelreihen der Ritterkreuz-Träger - Parteimitgliedsnummern 1 bis 100.
Ein Stelldichein der Scharlatane, der Maulhelden und Schaumschläger, der verdrucksten Archivare der Nichtigkeiten.
Und natürlich ist auch Alfred Hilsberg dabei,
lässt sich vom Arbeiter Samariter Bund die Stufen hinauftragen.
Andere haben Sauerstoffzelte und Defibrillatoren im Gepäck.
Dennoch wird munter schwadroniert,
werden Schenkel und Schultern geklopft.
Und wer sein Konterfei auf einem der ausgestellten Fotos erkennt, wird gleich doppelt feucht im Schritt.
Ein Alptraum.
Haus, das Verrückte macht.
Aber am Ende zählt nur der Kontoauszug. Also lasse auch ich mich nicht lumpen, gebe für einen dreistelligen Judaslohn ein paar Schwänke von einst zum Besten, während draußen fünf Straßenpunks, die die sechzehn Euro Eintritt nicht aufbringen konnten (oder mochten), von einer Horde Nazirocker mit Motorradketten auf die Intensivstation geprügelt werden.

Als die Nachricht später die Runde macht, kommt allseits Freude auf. So ein kleines Stahlbad könne nicht schaden, lautet der Tenor. Man selbst hätte ja früher ebenfalls nicht wenig an die Backen bekommen.

Schnitt: 7. Juli 2007, im AJZ um die Ecke:

»In Deutschland spielen wir im Normalfall vor fünfzig bis hundert Leuten, von denen sich die meisten stocksteif an ihrem Bier festhalten«, klagt der Sänger einer altgedienten Hardcore-Kapelle und verschwindet Richtung Bühne, um einen ebenso kurzen wie gelangweilten Blick auf die lokale Vorband zu werfen.

Er hat einen gut bezahlten Job und schlüpft nur noch am Wochenende in die von seiner Verlobten liebevoll abgebürstete Lederjacke.

Und ich stehe da, halte mich stocksteif an meinem Bier fest und wünsche mir nichts sehnlicher, als dass der ganze Humbug endlich ein Ende hätte.

Dass all die alten Säcke,
die uns
und mir
und euch
den Lauf der Welt erklären wollen,
samt ihren Erinnerungsbüchern
und Filmen
und Diplomarbeiten
endlich wegsterben mögen.

Und mit ihnen das komplette *Force-Attack*-Pack – diese Närrinnen und Narrhalesen, die sich von Butterfahrtsteilnehmern und Kegelbrüdern nur noch durch die Heckaufkleber ihrer VW-Polo unterscheiden.

Folgen sollen ihnen die Legionen verblendeter Gecken, die nichts Besseres zu tun haben, als ihr Taschengeld für diesen

Schwindel namens *Merchandise* auszugeben. Und die, die den Nippes vertreiben, sowieso.
Nicht zu vergessen, die vielen Halbleichen da draußen, deren Venen, deren Lebern, deren Nieren schneller verwelken als die *Vorkriegsjugend*-Aufnäher auf ihren Kutten. Wer die Schabernack-Devise *No Future* im wahrsten Sinne des Wortes *bierernst* nimmt, freut sich wahrscheinlich ohnehin auf den Herzstillstand.
Herzlich verrecken dürfen auch die vorwitzigen Tausendsassas, die ständig die Lüge wiederkäuen, dass Punkrock einzig eine Frage der Einstellung sei und nichts aber auch gar nichts mit Mode zu tun habe.
Und mit ihnen der Nachwuchs von heute, der, wenn er bereits 1981 geschlechtsreif gewesen wäre, konsequenterweise sein Herz an Peter Kraus und Conny Froboess hätte verlieren müssen.
Sie alle sollen gepflegt zur Hölle fahren, wo sie sich dann gegenseitig die Abermilliarden Geschichten von Konzerten und Kotzwettbewerben, von Demos und Verhaftungen in die Ohren blasen, ihre kleingeistigen Streitigkeiten fortführen und bis ans Ende aller Tage ihre Nieten, Schrunden und Eiterbeulen vergleichen können, damit endlich die Ruhe einkehrt, *die ich dringend brauche*, um meine Plattensammlung alphabetisch zu ordnen.
So denke ich. Und während mir der letzte Schluck die Kehle hinab rinnt, bete ich für nichts weniger als für einen Angriff der Luftwaffe, bis mir einfällt, dass ich der Erste bin, dem im Ernstfall das Licht ausgeblasen gehört.
Also reiße ich mich zusammen, hole mir ein neues Bier, bedenke die lokale Vorband mit einem gelangweilten Blick und mache weiter, als ob nichts gewesen wäre. Denn am Ende geht es doch nur um eins. Am Ende geht es – trotz Eigentumswohnung und Playstation, trotz Laktose-Allergie und Blasenschwäche, trotz Zwangsneurose, trotz Kinderwunsch, trotz Badreiniger

und Breitbild-TV und natürlich: auch mal ein bisschen Sport zwischendurch – nur um dies eine hier:
bloß nicht erwachsen werden.
Um Himmels Willen
bloß
nicht
erwachsen
werden.
Darauf einen Kinderteller!
Venceremos!

MEIN SCHÖNSTES FORCE ATTACK

Gut, dass ich Mutti nie erzählt habe, dass ich vor einem halben Jahr den Führerschein abgeben musste. Es war auch so schon schwer genug, ihr den Wagen abzuschwatzen. Immerhin steckt sie mir zum Abschied noch einen Zwanziger zu. Dann gibt es eine nicht enden wollende Litanei unerbetener Ratschläge und die obligatorische Ermahnung, im Wagen ja nicht zu rauchen. Als ich außer Sichtweite bin, stecke ich mir erst mal eine an.

Dann sammle ich Unzucht und Missbrauch ein. Wie abgesprochen, haben die beiden die Nahrungsbeschaffung übernommen: vier Paletten *Hansa-Pils*, drei Flaschen Küstennebel, zwei Dosen Bauerntopf. Perfekt!

Als mir Unzucht kurz hinter der Stadtgrenze ein Bier nach vorn reicht, muss ich nicht lange überlegen – der Lappen ist ja eh schon weg.

Bei einer derart professionellen Betreuung des Fahrers ist es kein Wunder, dass die Zeit nur so dahinfliegt. Zwar hat niemand daran gedacht, ein bisschen Musik mitzunehmen, aber da ist ja noch Muttis CD-Auswahl. Getreu dem Motto »was nicht gefällt, fliegt auf den Seitenstreifen« unterziehen wir die Silberlinge einem schnellen Qualitätscheck. Leider überlebt den nur Gunter Gabriels 96er Album *Dieselknecht*. Und das auch nur, bis sich in Folge eines Bremsmanövers ein kurz zuvor geöffnetes Hansa über das Armaturenbrett ergießt. Der CD-Wechsler ist Geschichte. Die gute Stimmung zum Glück nicht. Wir singen einfach selber: »Fraggles das sind wir tonnenweise Dosenbier«, »Komm ma lecker unten bei mich bei« und andere Klassiker unserer nicht enden wollenden Jugend. Nebenher vertreiben wir uns die Zeit mit Dosenschießen und einem Spiel, das Missbrauch »Blasenschach« getauft hat: Wer als erster um eine Piss-Pause nachsucht, muss an der nächsten Raststätte den Kleingeldteller der Reinigungskräfte in seinen Besitz bringen. Das bessert nicht nur die Reisekasse auf, sondern sorgt auch dann noch für Frohsinn, wenn das Unterfangen einmal nicht gelingt. In diesem Fall hat der Proband nämlich die nächste Haltmachende Busladung Senioren abzupassen und mit den Worten *Rentnerhass! Rentnerhass! Wenn ihr ins Heim kommt, hab ich Spaß* zu empfangen. Leider gibt es irgendwann kaum noch Raststätten, während sich die Frequenz der durch den Harndrang hervorgerufenen Hilferufe stetig erhöht, und so gestaltet sich das letzte Drittel der Reise etwas zäh. Aber dann schlafen meine beiden Gefährten nahezu zeitgleich ein, und wir kommen wieder schneller voran.

Als wir schließlich Behnkenhagen erreichen, dämmert es bereits. Hohe Zeit, sich ins Getümmel zu stürzen. Ich steuere einen freien Flecken auf der Camping-Wiese an und stelle den Motor ab. Dann lasse ich meinen Blick durchs Fahrzeug wandern. Das Cockpit sieht schlimm aus – am Boden eine Pfütze, in der leere Dosen und Kippen herumschwimmen; in den Polstern Brandlöcher –, aber nicht so schlimm wie erwartet. Immerhin hat sich keiner erbrochen. Zumindest nicht ins Wageninnere.

Meine Versuche, Unzucht und Missbrauch zu wecken, scheitern kläglich. Also überlasse ich die beiden ihrem Schicksal, stecke mir drei *Hansa* in die Jacke und mische mich unter die unüberschaubare Menge der Zerlumpten und Verlausten, die mit vibrierender Vorfreude dem eigentlichen Festival-Gelände entgegenströmt. Zum Zeltaufbau hätten Körper- und Geisteskraft heute ohnehin nicht mehr gereicht.

Ich werde vor die Haupttribüne gespült, auf der bereits munter musiziert wird. Der Name der Band, die sich da produziert, will sich mir allerdings nicht erschließen. Vor meinen Augen hängt ein Grauschleier und auch das Gehör funktioniert nur noch eingeschränkt. Gut möglich, dass ich bereits einen kleineren Schwips mein eigen nenne. Na, vielleicht weiß der Glatzkopf direkt vor mir Genaueres, der mit dem 88-Aufnäher auf der Kutte. Bei dieser Gelegenheit könnte ich mir gleich mal 'ne Kippe schnorren. Meine eigenen sind unerklärlicherweise verschwunden. 88? Was hieß das doch noch mal? *Grüß Gott*, wenn ich mich recht erinnere. Ich tippe dem Typen auf die Schulter und zeige fragend auf die brennende Zigarette, die er in der Rechten hält. Statt einer Antwort erhalte ich umgehend eine satte Dublette aufs Fressbrett. Hoppla, hätte nicht gedacht, dass diese Jesus-Freaks derart krass unterwegs sind. Aber das ist eben das Schöne am Punkrock: Auf nichts ist Verlass! Jetzt muss ich nur zusehen, dass ich hier keine Wurzeln schlage. Mithilfe der frischen Wunde kann ich sicher ein Mädchen kennen lernen. Ich kämpfe mich zurück Richtung Zeltplatz und quatsche alles an, was zerrissene Netzstrumpfhosen und Minirock am Leib hat. Aber anscheinend bin ich mit meinen blutigen Lefzen nicht allzu gut zu verstehen. Mein Angebot, mich nach allen Regeln der Kunst zu verarzten, wird jedenfalls konsequent ignoriert. Da trifft es sich, dass ich in eine Gruppe Polen hineinstolpere. Mit denen kann ich mich ohnehin nur in Zeichensprache verständigen. Unter großen Gesten reicht mir einer aus der Schar der ehemals sozialistischen Waffenbrüder eine 1,5-Liter-Flasche mit klarer Flüssigkeit. Ich nehme dankend an. Eine kleine Stärkung kann gewiss nicht schaden, bevor ich meinen Charme wieder an die Girls verschwende ...

Als ich in einem mir völlig fremden Zelt erwache, ereilen mich in kurzer Folge drei Gedanken. Erster Gedanke: Hier hat doch jemand hingeschissen. Zweiter Gedanke: Ist ja nicht mein Zelt, ha, ha. Dritter Gedanke: Aber dafür *meine* Springerstiefel!

Tatsächlich hat mir jemand amtlich aufs Schuhwerk gekackt. Gut, dass ich das nicht ausgezogen habe, sonst hätte ich die Soße jetzt an den Socken. Ich säubere das Leder so gut es geht mit dem Schlafsack, auf dem ich gelegen habe. Dann krabble ich ins Freie. Erst mal die anderen suchen.

Beim Auto werde ich leider nicht fündig. Stattdessen darf ich voller Erschütterung zur Kenntnis nehmen, dass meine Reisegefährten das Fahrzeug verlassen haben ohne es vorschriftsmäßig abzuschließen. Sind diese verstrahlten Tunichtgute etwa nicht imstande, einen Schlüssel zu benutzen? Eine Frage, die sich aus dem Stegreif zugegebenermaßen nur schwer beantworten lässt, denn den Schlüssel habe ja ich. Zumindest *hatte* ich ihn. Eine kurze Durchsuchung meiner Taschen legt den Schluss nahe, dass das gute Stück verlustig gegangen ist. Aber das spielt im Moment eine untergeordnete Rolle. Wichtiger ist die Frage, wie es um die Vorräte bestellt ist – wahrscheinlich samt und sonders gestohlen. Ich öffne die Beifahrertür, inspiziere die Fahrgastzelle und sehe meine schlimmsten Befürchtungen bestätigt: Kein einziges Bier mehr da! Und auch vom Küstennebel ist nichts mehr zu sehen. Aber Moment: Da am Boden treibt ja noch eine halbvolle Flasche. Na, wenn das kein Trost ist ... Ich greife mir den Heilsbringer, setze mich – den müden Rücken ans rechte Vorderrad gelehnt – ins Gras und beginne, mir die Verluste schön zu trinken. Immerhin ist der Bauerntopf noch da. Und die ersten beiden Paletten Hansa hatten wir ja glücklicherweise schon auf der Fahrt geleert. Außerdem knallt die Sonne ordentlich vom Himmel. Das gibt bestimmt einen beeindruckenden Sonnenbrand mit Hautablösungen, an denen ich dann wochenlang herumprokeln kann. Darauf einen Dujardin! Oder ersatzweise einen Schluck vom Küstennebel.

Ich habe mir die Flasche gerade an die Lippen gesetzt, als mir unversehens etwas Scharfkantiges gegen die Stirn knallt. Heureka, das müssen Unzucht und Missbrauch sein! Ich lehne mich voller Freude nach vorn, um die verlorenen Söhne gebührend in Empfang zu nehmen. Aber zu meiner Enttäuschung sind es gar nicht die zwei Hallodris, die da durch einen gut gezielten Wurf auf sich aufmerksam gemacht haben. Und bei der roten Soße, die mir vom Schädel tropft, handelt es sich auch nicht um das Ergebnis einer erneuerten Blutsbrüderschaft, sondern um schnöde Ravioli in schnöder Tomatensoße. Wie es der Zufall will, ist die alljährliche Müllschlacht ausgerechnet in der Nähe meines Ruheplätzchens ausgebrochen.

Ich verspüre keinerlei Drang, mich an dem anstrengenden Tun zu beteiligen. Aber als ein weiteres Geschoß an meiner Stirn zerschellt - diesmal eine Flasche, die unverkennbar mit Pisse gefüllt ist -, sehe ich mich dann doch gezwungen, das Feuer zu erwidern.

Ich krabble ins Auto, greife mir den von der unbekannten Diebesbrut verschmähten Bauerntopf *LeChef* aus dem Hause Lidl und schleudere die beiden Büchsen mit aller Kraft in die Richtung, aus der ich meine, die Flasche habe anfliegen zu sehen. Leider kommt eine der Dosen umgehend zurück. Eine unendliche Sekunde lang habe ich diesen fotografisch auf dem Etikett verewigten Mix aus Nudeln, Karotten, Erbsen und Hackfleischbällchen vor Augen, dann wird es plötzlich nachtschwarz in meinem kleinen Gehirnkästchen.

Als ich wieder Klarsicht habe, meine ich einem Nahtod-Erlebnis aufzusitzen. Keine zwei Meter von mir entfernt steht: *unser Zelt* - und zwar derart akkurat und picobello aufgebaut, als würde gleich der Generalinspekteur des Heeres vorbeischauen. Davor sitzen Unzucht und Missbrauch, die nicht nur einen putzmunteren, ja regelrecht heiteren Eindruck machen, sondern sich auch im Besitz eines Pappkartons befinden, in dem sich an die zwei Dutzend Flaschen tummeln. Soweit ich das erkennen kann, handelt es sich dabei ausschließlich um spirituosenhaltige Ware, hauptsächlich Whiskey der Marke Jack Daniel's. Es ragen allerdings auch ein paar Liter Gordon's Dry Gin und Baccardi aus der Sammlung.

Auf meine Frage, wo und wie ihnen dieser Schatz denn in die Hände gefallen wäre, gibt Unzucht mit schwerer Zunge eine längere Räuberpistole zum Besten, in der neben Wattie von Exploited ein Umschnall-Dildo und eine Raubkopie des Kassenschlagers Dirty Dancing die Hauptrollen spielen.

Natürlich schenke ich diesem Humbug keinerlei Glauben, vielmehr ist zu vermuten, dass die beiden Leichtmatrosen einen Bandbus geknackt haben. Aber warum lange debattieren?! Die einsetzende Dunkelheit verrät mir, dass sich mein Austritt aus der Wirklichkeit über Stunden hingezogen hat. Höchste Zeit, den Alkoholpegel auf Vordermann zu bringen.

Wir verkosten den Whiskey, wir verkosten den Gin und den Baccardi. Und dann beginnen wir, die verschiedenen Getränke miteinander zu kombinieren.

Da dieser Prozess natürlich nicht geräuschlos vonstatten geht, vielmehr von allerlei lebensbejahendem Radau begleitet wird, dauert es nicht lange, bis sich die ersten Gäste, respektive Schnorrer einfinden.

Schon bald ist unsere kleine Gesellschaft auf circa zwanzig Personen angewachsen, und da der eine einen Joint, der andere eine handvoll Rohypnol in die Runde wirft, entwickelt sich – während im Hintergrund vage der Lärm des Festivals zu vernehmen ist – ein wahrhaft zünftiges Gelage.

Auf dem Höhepunkt der Orgie macht Missbrauch schließlich den Vorschlag unseren Gaskocher anzuwerfen und eins der umstehenden Fahrzeuge zu grillen. Zu irgendwas müsse das Teil ja nutze sein wo doch schon der Bauerntopf unerklärlicherweise verschwunden sei. Seine Worte stoßen auf allgemeine Begeisterung, und so ist schnell ein übergewichtiger Punkrocker aus Limburg gefunden, der – den Kocher in der Hand – durchs feuchte Gras davon robbt, um die Flamme unter einer der vielen in unserer unmittelbaren Nachbarschaft geparkten Blechbüchsen zu platzieren.

Es dauert ein Weilchen, dann gewinnt das Feuer die Oberhand, ergreift von der gesamten Karosserie Besitz und taucht unseren Umtrunk in einen würdigen Glorienschein. Da macht es auch nichts, dass es sich, wie ich alsbald erkennen muss, bei dem brennenden Symbol der verhassten Konsumgesellschaft um Muttis Ford Fiesta handelt. Immerhin bleibt es mir so erspart, der Frau, die mich unter Schmerzen ins Leben entlassen hat, die vollgeaschten Sitzbezüge zu erklären.

Auf diese Erkenntnis einen letzten Krug Baccardi-Whiskey-Gin, dann endet die Nacht mit einem ebenso hehren wie besinnlichen Schwur: »Ham wir auch Luft im Hirn und kurze Glieder: Force Attack, wir kommen wieder!«

GERMAN GEMÜTLICHKEIT

»Rauchen oder Vater werden – eins geht nur. Wir haben keinen Balkon«, sagt der Allergiker am Nebentisch, bevor er seinen Atemwegen nacheinander eine Dosis Asthmaspray und eine weitere »Reval ohne« verordnet.

Ich überlege, ob ich ihm einen Wohnungstausch vorschlagen soll, immerhin habe ich die anderthalb Meter Balkon, für die ich all monatlich Miete abdrücke, schon seit Jahren nicht mehr betreten. Wie auch? Schließlich lagert dort neben der Platten-Sammlung meiner Ex-Freundin nicht nur allerlei Leergut sondern auch eine Installation aus aufgeplatzten *Gelben Säcken*, einem angeschimmelten Flokati und den Resten einer Bouillabaisse für acht Personen. Ich will gerade etwas in der Richtung äußern, als mein Mobiltelefon zu quengeln anfängt. Mein Imageberater ist dran. Ob ich in letzter Zeit mal wieder in Onkel Ortruds Untenrumbedarf gewesen wäre, will er wissen, der Penisring *Kötbullar* sei mittlerweile auf drei Euro neunzig runtergesetzt.

»Zur Sache!«, sage ich.

»Schon gut. Hör zu«, beeilt er sich. »Was du so schnell wie möglich brauchst, ist ein Body-Mass-Index von mindestens Fünfunddreißig. Du musst dich von den vielen durchtrainierten Schnöseln absetzen, die aktuell das Schönheitsideal bestimmen. Die Zeiten ändern sich.«

Alles, was ich brauche, ist eine junge, verdorbene Hockeyspielerin aus gutem Hause, denke ich und nippe an meinem Schoppen Brackenheimer Zweifelberg. Wenn ich so weiter saufe wie in den letzten vier Tagen, wird sich das mit dem Body-Mass-Index schon von allein regeln. Aber der Image-Fickel ist noch nicht fertig.

»Haare in den Ohrmuscheln stünden dir ebenfalls ganz gut zu Gesicht«, doziert er.

Ich klinke mich aus und halte das Handy in die Runde, damit auch der Rest des versammelten Prekariats mal wieder Kontakt zur Außenwelt bekommt. Benni Amin ist der erste, der zugreift. Und wie zu erwarten, lässt er sich nicht lange bitten.

»Ich will eine Geschlechtskrankheit von dir!«, brüllt er, in der verqueren Hoffnung, mich könne eine Frau angerufen haben.

Jetzt wollen natürlich auch André und Kasper ihrem Mittelungsbedürfnis Geltung verschaffen und so entbrennt um mein zerschrammtes Vorkriegs-Nokia ein kurzes Handgemenge. Wer sein Sprachbullauge dabei in die Nähe des backsteingroßen Plastikgehäuses bringt, fühlt sich bemüßigt weitere Minnegesänge vorzutragen.

»Komm rüber!«, johlt Kasper »Wenn du mich ranlässt, kriegst du das Mutterkreuz noch in diesem Jahrzehnt.«

André versucht es auf die Romantische und stimmt Hans Albers an: »Matrosen auf See, mit den Augen so blau. Matrosen auf See sind so lang ohne Frau ...« Durch sein Kehlkopfmikrofon klingt das Ganze tatsächlich wie aus der Funkerkabine eines weit entfernten Bananendampfers.

Am Ende setzt sich Kasper durch.

»Ruhe! Schweigt still, ihr Tiere!«, herrscht er die anderen an und hält sich das erbeutete Kommunikationsgerät für einen Moment ans Ohr. Dann sagt er im Stile einer altgedienten Chefsekretärin: »Dr. Smirnoff? Der lässt sich gerade ein paar Analfisteln aufschneiden. Rufen Sie doch einfach im nächsten Leben wieder an!«

Offenbar hat es meinen Imageberater danach verlangt, noch einmal mit *mir* zu sprechen. Jetzt scheint er dieses Unterfangen aufgegeben zu haben. Als mir Kasper das Telefon zurückgibt, ist die Verbindung unterbrochen.

Umgehend ist der kurze Einbruch der Wirklichkeit Geschichte, beginnt unser kleiner Kneipen-Kosmos sich wieder um sich selbst zu drehen, setzen die endlosen Unterhaltungen über die immergleichen Themen genau da wieder ein, wo sie abgerissen sind. Ich schließe entspannt die Augen und lasse die umherirrenden Gesprächsfetzen auf mich einwirken wie eine Blutwäsche.

»Er stand also da, auf dieser Trittleiter, und putzte die Frontscheibe seines LKWs mit den eigenen Biertitten. Kannst du dir das vorstellen? *Das* ist noch Liebe zum Kraftfahrzeug, was?!.« / »Alter, jetzt näherst du dich bald den dreißig.« »Dreißig? Ich bin Zweiundvierzig.« »Ich rede von Überdosen, Sportsfreund.« / »Einen nehm' ich noch, dann hau ich ab. Ich muss noch zwei Pornos lesen.« »Wie: Pornos *lesen?*« »Na, lesen eben.«

Es sind genau diese sinnentleerten Sentenzen, die mich immer wieder hierher treiben, um gemeinsam mit den anderen an dem zu arbeiten, was sich im Amtsdeutsch »sozialverträgliches Frühableben« nennt. Hier gibt es keine Erwartungshaltung, keinen Erfolgsdruck, nichts Feindliches, hier gibt es nur das nächste gefüllte Glas und das allseitige Verlangen, dem Tageslicht zu entfliehen. Die Menschen, die hier in Horstis Menopausen-Eck verkehren, eint vor allem eins: die Unfähigkeit, den Anforderungen des Alltags auch nur ein Minimum an Sinn abzugewinnen. Und seit Horsti, der Wirt, uns in den neu geschaffenen Raucherraum verbannt hat, verbannen *musste*, sind wir noch enger zusammenrückt. Allein würden viele von uns ohnehin nicht überleben. Rico, zum Beispiel, den sie hier Vincent nennen, weil er seit ein paar Jahren mit nur noch einem Ohr auskommen muss. Er hatte sich im Vollrausch kratzen wollen und dabei vergessen, dass er noch eine laufende Flex in der Hand hielt. Vincent also darf man ohne Begleitschutz gar nicht auf die Straße lassen. Er ist mit einem Mitgefühl für all die Entrechteten und Vergessenen gestraft, das in seinen Ausmaßen nur als beängstigend bezeichnet werden kann. Seine Empathie geht so weit, dass er im Supermarkt stets das unansehnlichste

Obst kauft. Es ist ihm einfach unmöglich, die angestoßene Nektarine oder die schwarz-verfärbte Banane ihrem trostlosen Schicksal als Abfallkandidaten zu überlassen.

Ein ähnlicher Fall ist Afghanen-Siggi. Bevor er hier in der »Pause« angedockt hat, war er derart vereinsamt, dass er – als er noch einen Lappen besaß – mit seinem Opel Astra tagelang ohne festes Ziel durch die Gegend fuhr. Dabei stets auf der Suche nach Gelegenheiten, anderen Verkehrsteilnehmern unverlangt die Vorfahrt oder eine ähnliche Gefälligkeit zu gewähren. Wenn sich daraufhin jemand per Handzeichen bedankte, kamen ihm vor Glück ob dieses menschlichen »Kontakts« regelmäßig die Tränen.

Hier weint er nur noch vor Freude, wenn Kasper mal wieder mit einer Plastiktüte voller Tranquilizer aus dem Besitz seiner Großmutter antanzt, oder Benni Amin im Vollsuff seine ganz persönliche Apokalypse zelebriert.

Auch jetzt steuert Benni bereits wieder auf einen seiner gefeierten rhetorischen Höhepunkte zu: »Und sehet, oh, meine Brüder im Fleische, die ihr in jeder Buhlerin einen Hafen besitzen möget: Es wird ein Trapperfieber übers Land hinweg ziehen, das da die Hirnschalen zerbrechen lässt wie Schiffszwieback unter dem Tritt einer hessischen Wandergruppe. Und möget ihr euch auch gegenseitig das Wort des Herrn mit dem Eifer läufiger Bereitschaftspolizisten in die elastischen Herzen spritzen, so ist es doch seit Jahr und Tag beschlossene geheime Reichssache, dass da ein Regen aus Geschmeiß auf euch und euer bei KiK gekauftes Schuhwerk herabkommen wird, der Kleinwuchs und Nagelbettentzündungen mit sich bringt ...«

Während ich ihm zuhöre, lasse ich meinen Blick über die seligen Mienen der anderen schweifen und werde dabei derart sentimental, dass ich den Fehler begehe, Horsti, der mit einem schmutzstarrenden Lappen gerade Streptokokken auf einem der Stehtische verteilt, nach einem Happen zu Essen zu fragen.

Er hält irritiert inne und sieht mich zweifelnd an.

»Falschen Hasen hätt' ich da«, sagt er nach einigem Überlegen, wirkt dabei aber noch immer, als hätte ich ihm einen unanständigen Antrag gemacht.

Ich lasse mich dadurch nicht beirren und bestelle das Angebotene mit der Lässigkeit des ausgefuchsten Imbissbuden-Aficionados.

Keine fünfundvierzig Minuten später muss ich für diesen Leichtsinn einen hohen Tribut entrichten. Getreu dem Motto »wer bei Horsti etwas aus der Küche ordert, wird Sturm ernten« bricht in meinem Verdauungstrakt ein Orkan los, der es nahe legt, nein, der es *umgehend erforderlich macht*, die Toilette aufzusuchen. Nun sind aber die sanitären Anlagen des Menopausen-Ecks in einem derart katastrophalen, ja bürgerkriegsähnlichen Zustand, dass sie – wenn überhaupt – nur zum Entleeren der *Blase* aufgesucht werden – wobei ausschließlich ins Waschbecken gepisst wird, da ein weiteres Vordringen in die Räumlichkeiten größte gesundheitliche Gefahren birgt. Profaner ausgedrückt: Wie gern wir uns alle hier auch versammeln, *gekackt* wird ausschließlich zu Hause.

Bis zu *meinem* Zuhause schaffe ich es allerdings nicht mehr – das spüre ich mit aller Deutlichkeit. Also gehe ich in Gedanken die Liste der Anwesenden durch, überprüfe, ob einer meiner Zechkumpane vielleicht in erquicklicherer Nähe zur Pinte wohnt, bis mir erneut ein Laserschwert durch den Leib schneidet und ich diesen Plan verwerfen muss. Stattdessen nehme ich endlich die bittere Wahrheit zur Kenntnis, dass ein Entkommen hier und heute nicht mehr möglich ist. Die Zeit der billigen Ausreden ist vorbei, die Totenglocke hat geschlagen, die Posaunen des Himmels rufen zum letzten Gefecht. Und so erhebe ich mich wie ein Frontsoldat, dem nach stundenlangem Granatbeschuss der Gegenangriff befohlen wird, und schleppe mich mit dem Mut des Verzweifelten dem Grauen entgegen.

Schon ist die erste Tür aufgestoßen, dann passiere ich das von Kalk- und anderen Sedimentablagerungen überzogene

Waschbecken, überlege kurz, ob ich mein Bedürfnis nicht einfach dort ... Aber nein, der letzte Rest menschlichen Anstands ist stärker als die Furcht. Also weiter, nur weiter! Durch eine schaumige Pfütze, aus der hier und da ein paar mit gelblichen Flechten bewachsene Inseln herausragen, wate ich zur zweiten Tür. Ein Moment des Zögerns, ein letztes Innehalten, dann lässt mich der unstillbare Drang in meinen Eingeweiden auch diese Hürde nehmen. Ich drücke die mit einem benutzen Kondom überzogene Klinke hinunter und halte die Luft an. Dennoch raubt mir der süßliche, mit einer leichten Aceton-Note unterlegte Verwesungsgeruch augenblicklich den Atem. Nachdem ich Brechreiz und Hustenattacke einigermaßen unter Kontrolle gebracht habe, öffne ich vorsichtig die Augen und verschaffe mir einen Überblick.

Linker Hand hängt - von einer letzten Schraube in einer bedenklichen Schräglage gehalten - ein rissiger, bis zum Rand mit Scherben und Kippen gefüllter Behälter, der einmal das Pissbecken dargestellt hat. Darüber ein handgeschriebenes Schild mit der vergilbten Aufschrift »Bitte nach Benutzung reichlich Nachspülen!«. Der Boden ist mit einer modrigen Schicht aus Klopapier und schwarzem Schimmel überzogen, von der aus ein halbes Dutzend Kakerlaken - groß wie ausgewachsene Eidechsen - träge zu mir heraufstarren. Warum sollten sich die Tiere auch fürchten?! Menschen haben sie schon lange nicht mehr gesehen.

Vor mir dann das Highlight, gewissermaßen der Altar in diesem Tempel der Schande: der Abort und die ihn umgebende Kabine. Die Reste der eingetretenen Tür geben den Blick auf einen Porzellankorpus frei, der derart mit Kot und Kotze verkrustet ist, dass er jeder menschlichen Beschreibung spottet. Besonders irritierend ist die Tatsache, dass sich eben diese Verkrustungen *auf* dem Deckel befinden. Das Tropfsteingebilde vermittelt den Eindruck, als ob sich im Sanitärbereich von Horstis Menopausen-Eck vor allem Höhlentrolle erleichtern würden. Ganz unmöglich, da auch nur einen Schritt näher heranzutreten. Undenkbar, im Angesicht dieser Barbarei überhaupt zur Sache zu kommen. Aber was tun? Es eilt, es eilt, es pressiert schon, Herr Rittmeister! Also im wahrsten Sinne des Wortes einfach mal auf die Regeln des menschlichen Zusammenlebens geschissen und gleich hier auf den Boden gehockt. Der Raum muss früher oder später ohnehin vom Amt für Seuchenschutz gesprengt werden, da kommt es auf eine weitere Verunreinigung nicht an.

Ich ignoriere die metallisch-grünen Fliegen, die um meinen Kopf schwirren, ich ignoriere die Kakerlaken, die bereits damit begonnen haben, meine Sneakers anzuknabbern, und lasse der Natur ihren Lauf. Ah, gesegnete Erlösung, himmelhoch jauchzende Heiterkeit – und zu Lesen gibt es auch etwas. Unter dem Gilb, der die ehemals weißen Kacheln bedeckt, befindet sich direkt vor meinen Augen eine gerade noch zu entziffernde Botschaft, die ein früherer Besucher dieser Todeszelle mit schwarzem Edding hinterlassen hat.

»Erwartung ist die Mutter jedweder Frustration«, steht da. Und eine Zeile tiefer: «Wer die Scheiße nicht umrührt, sieht das Gold nicht nach oben steigen!«

Dem lässt sich nicht widersprechen, denke ich, während ich meine Kledage nach Taschentüchern absuche, um die tollkühne Vorstellung zum Abschluss zu bringen. Dabei fällt mein Blick auf die Ecke eines Plastikkärtchens, das lockend aus dem Klopapier-Humus zu meinen Füßen lugt. Vielleicht eine Kreditkarte? Oder einer dieser modernen EU-Führerscheine? Schon hat die Neugier Ekel und Selbstschutz überwunden und lässt mich mit der bloßen Hand beherzt in den Modder greifen.

Da das Fundstück unter dem kariösen Zahn der Zeit unübersehbar gelitten hat, kann ich es erst nicht einordnen. Aber nachdem ich Teile der Oberfläche von einer Kruste aus getrocknetem Schleim befreit habe, sehe ich klarer. Ich halte eine sogenannte Membercard, sprich: einen Mitgliedsausweis in den Händen. Dieser hier scheint den Zugang zu einem Club namens

Schlachthaus of pain zu ermöglichen. Offenbar ein Domina-Studio. Das verrät nicht nur das im Gothic-Style gehaltene Artwork, sondern auch der aufgedruckte Werbetext, der da lautet: »Ihr Schmerz ist unser Anliegen - nutzen Sie jetzt unsere Folter-Flatrate. Spanking und Amputating bis der Arzt kommt!« Ich drehe die Karte um und entdecke ein aufgedrucktes Passbild, das mir vage bekannt vorkommt. Gel-getränktes, nach hinten gekämmtes Haar; dezentes Brillengestell; markantes Kinn - das ist doch nicht etwa ...?! Schnell kratze ich weitere zwei Quadratzentimeter frei und lese den zum Foto gehörenden Namen. Und tatsächlich: Karl-Theodor Freiherr von und zu Gutten... Die letzten vier Buchstaben kann ich mir sparen. Zeit für eine Lokalrunde.

MESSE-BLUES

Die Kippe schon zwischen den Lippen
das Feuer in der Faust
kämpfst du dich hektisch den Bahnsteig entlang
die Stunden im ICE Turnvater Jahn haben ihre Spuren hinterlassen
denn nichts ist schlimmer, als einem Junkie gleich
am Lüftungsschlitz der Toilette zu kleben
damit der Rauch ja nicht unter der Tür hervorquillt
damit sie dich ja nicht erwischen
damit du nicht nackt durch die Waggons getrieben wirst
mit einem Schild um den Hals
auf dem in Blockbuchstaben zu lesen sein würde:
»Ich charakterschwache Sau habe durch meine unverantwortliche Genusssucht
die Gesundheit des Deutschen Volkskörpers geschädigt!«
Rollkoffer versperren dir den Weg
die Menschen, die ihnen vorgespannt sind, strahlen
strahlen wie leckgeschlagene Reaktorblöcke
strahlen geschäftige Überlegenheit aus
treiben dir ihre Botschaft mit der Macht
eines glühendheißen Füllfederhalters ins Gehirn:
Bücher schreiben kann jeder
Bücher *machen* heißt das Vorrecht der Eliten
je größer der Koffer
desto größer der Stock
den sich sein Besitzer im Falle einer persönlichen Begegnung
in den Arsch schrauben würde
je größer der Koffer
desto geringer die Fähigkeit seines Zugpferdes

sich durch eine Hochhaussiedlung zu bewegen
ohne auf die Fresse zu bekommen
je größer der Koffer
desto größer deine Lust
das Gepäckstück aufs Gleis zu kicken
wo sich die teuren Illustrierten
das Ohropax
die Zahnseide
die aufblasbare Nackenstütze
die Schlafbrille
der Terminplaner
das verklebte Rezensionsexemplar eines Bestsellers aus der Feder
einer ehemaligen MTV-Moderatorin
und die Kontaktanzeigen aus der Zeit
dann wie Konfetti
auf den Bohlen verteilen könnten
Aber – Frankfurt alaaf! – da winkt ja schon das gelbe Viereck,
in dem du dich mit den anderen Suchtbolzen gleich an den Pranger stellen darfst.
Offenbar erinnert sich die Bahn noch mit vorbildlicher Akkuratesse daran,
welche Farbe hierzulande schon sei jeher für die Kennzeichnung von unerwünschten Minderheiten vorgeschrieben ist.

Auf der Messe selbst bist du mit deinem Sargnagel in der Hand
dann auch nur wieder Eckensteher
Winkeltrinker
Wendeverlierer
Exhibitionist (in Leipzig schlicht »Entblößer« genannt)
aufs Trefflichste vereint mit all den Jung- und Nachwuchsautoren, den Hobby- und Aushilfsliteraten, den Heimatdichtern und Mundartpoeten
die hier am Rande des Sandkastens
gut abgeschirmt vom Rest des Menschenzoos

ihre Worte der Leere überantworten dürfen
Starkoch müsstest du sein oder Tagesschau-Sprecherin oder Tennisprofi
ansonsten bleibst du besser gleich ganz zu Hause, liest der Dunkelheit deiner geöffneten Garage was vor
von den vielen, die da täglich in trauter Einsamkeit ihre Hirnwichse auf den Monitor spritzen
stehen hier die Wenigstens im Licht
die Zukurzgekommenen trösten sich mich Bockwurst-Imitaten für Siebenfuffzich das Stück
am besten gleich eins für *jede* Körperöffnung

Staubkorn unter Kieselsteinen
bist du hier
und das Beste, was dein Verleger für dich tun könnte
wäre einen Rollkoffer voller Plastiksprengstoff an der Einlasskontrolle vorbeizuschmuggeln
Mein Verleger möchte, dass ich direkt an seinem Stand eine Lesung abliefere. *Unkonventionell und spontan* – ganz so, wie es sich für einen *Jungen Wilden* geziemt. Er hat sogar einen kleinen Verstärker und ein Mikro besorgt. Naiver Phantast, der ich bin, tue ich ihm den Gefallen, und bereue den Moment der Schwäche augenblicklich. Wie der Rufer in der Wüste stehe ich da, während schlecht bis mittelmäßig gemästete Messemätressen – ihre hornbebrillten Punzenlecker im Schlepp – genervt an mir vorbeihasten. Ich kann es ihnen nicht verdenken. Wer bekommt schon gute Laune, wenn ihm ein Semigestörter aus nächster Nähe Satzfetzen ins Ohr trompetet?! Ein Gefühl, als würde ich in der Fußgängerzone einarmig auf der Gitarre spielen: Scham, wohin das Auge blickt. Fehlt nur noch der Becher zu meinen Füßen. Dann schließlich die Höchststrafe, als sich – mir direkt gegenüber – dieses Hippiemädchen im Schneidersitz auf dem Boden niederlässt. Denn warum tut sie das? Doch nur, weil ihr grenzenloses Mitleid mit all den geschundenen Kreaturen

dieser Erde nun auch mich miteinschließt. Ich sehe mich mit ihren Augen und tatsächlich: Das, was ich hier tue, sollte sogar einem hartgesottenen Robbenschlächter ein paar Tränen über die Bäckchen rinnen lassen. Denn es ist nichts weniger als die vollständige Veräußerung des Ichs - natürlich ohne, dass dafür auch nur eine einzige Kopeke winken würde.

Als mir ein rotgesichtiger Alter vom Druckkostenzuschuss-Verlag zu unserer Linken irgendwann empört den Saft abdreht, weil ihn mein Gequake daran hindert, seine Kundschaft in der gebotenen gediegenen Atmosphäre über den Tisch zu ziehen, ist der Selbstekel bereits so groß, dass ich keine Erlösung mehr verspüre.

Das Hippiemädchen erhebt sich und drückt mir die Nachbildung eines Schmetterlings in die Hand, die sie wohl aus Fimo gebastelt hat. Dann schwebt sie selig lächelnd davon, um woanders anderen Narren beizustehen.

ich wandere ihr langsam hinterher und schicke meinen Blick dabei stetig von links nach rechts
und da hocken sie
in ihren trostlosen, kleinen Verschlägen
bei Messwein
und Salzbrezeln
und Flips und Chips und Studentenfutter
brüten in ihren Papiernestern vor sich hin
wie Stockenten
denen eine Scheinschwangerschaft das Gespür für die Jahreszeit geraubt hat
da hocken sie
fern jeder Wirklichkeit
in ihrem eigenen Saft
der einen leichten Geruch verströmt
und bieten die Frucht deines Geistes mit einer Selbstsicherheit feil
als ob sie tatsächlich das Recht dazu hätten

wenn da wenigstens ein Hauch von Sex in der Luft liegen würde
oder von Verfall
oder Krankheit von mir aus
aber da ist nichts
nichts als bleischwere
Grabesruhe
ein leerer Fahrplan mit der Überschrift
nächster Halt
Seniorenstift

Als ich innehalte und mir einen herumstehenden halbvollen Kaffeebecher greife, um endlich den Fimo-Schmetterling des Hippiemädchens loszuwerden, muss ich plötzlich an meinen Kollegen Marco Lazarov denken, der zwar wie kein Zweiter zu nerven verstand, am Ende aber, als er erst seine Schreibmaschine und hernach seinen Leib vom vierten Stock auf den Bürgersteig verbrachte, doch alles richtig gemacht hat.

Denn der freie Fall ins Nichts ist immer noch besser als das hier, diese bedrückend beweiskräftige Animation der alten These »hätt' Maria abgetrieben, wär' uns viel erspart geblieben«.

Fanpost ist immer schön. Und so der Bestseller-Status noch nicht erreicht wurde, sind auch Autogrammwünsche jederzeit willkommen. Was meinen strahlenden Werdegang betrifft, darf ein Schreiben aus dem Jahre 2003 als herausragend bezeichnet werden. Darin wurde ich von einer Dame unbekannten Alters handschriftlich aufgefordert, ein beigelegtes Exemplar meines Kurzgeschichtenbandes »Hanoi Hooligans« nicht nur mit einer Signatur sondern auch mit einer Probe meines Spermas zu versehen. Ein Anliegen, dem ich allein schon aufgrund seines Seltenheitswerts Folge zu leisten hatte. Dumm nur, dass ich das Buch während des Selbstreinigungsprozesses dergestalt in der Linken hielt, dass sich das Ejakulat in der Mitte, also in der Rinne zwischen zwei Seiten sammelte, was den Abdruck nach dem Trocknen nicht allzu imposant wirken ließ. Leider ist auch dieser Brief - wie so viele andere Raritäten - vom Weltenlauf verschüttet worden, weshalb an dieser Stelle ein Anschreiben jüngeren Datums als Ersatz herhalten muss. Zugegebenermaßen ein schwacher Trost.

Beate xxxx, xxxxstraße 4
D xxxxx xxxxxxxxx
Hallo Jan,
seit vielen Jahren bin ich leidenschaftliche Autogrammsammlerin. Meine Sammlung umfasst Unterschriften von Sophia Loren bis Peter Alexander und von Bill Gates bis zum Erzbischof von Canterbury. Einen liebevollen Platz in meinen Alben bekommen aber nicht nur die großen Stars, sondern auch interessante Persönlichkeiten, wie zum Beispiel: Cheeta, die Heidekönigin und der Weltmeister des Sportkettensägens.
Würde mich sehr freuen, auch bald Ihr Autogramm meiner Sammlung beifügen zu dürfen! Auch meine Freundin xxxx würde sich sehr über ein Kärtchen freuen, da sie auch schon mit diesem Sammelfieber voll Stolz infiziert ist.
Bedanke mich schon jetzt im Voraus, für Ihre Mühe und wünsche Ihnen viel Freude und natürlich Gesundheit.
Mit freundlichen Grüßen,
Beate xxxx

Das Nachwuchstalent, in: ders.: Affenjagd mit Kim Il Sung. Social-Beat-Stories, Berlin: Edition Dead Monkey / Verlag André Henze, S. 23-29, 1997.

Ein Abend mit Harry, in: ders.: Köfte, Mainz: amanita-Reihe / Verlag Jens Neumann, S. 56-60, 1999.

Wie ich einmal 27 Nazis erschlug, mit Claudia Schiffer ins Bett ging und danach Manfred Kanther zwang, die DDR-Hymne abzusingen, in: ders.: Getrockneter Samen im Haar eurer Mütter (faltblattgeschichten 5), Mainz: amanita-verlag, S. 25-31, 1996. Ebf. in: ders.: Köfte, Mainz: amanita-Reihe / Verlag Jens Neumann, S. 76-81, 1999.

Adolf H.s Restleib macht Zicken (alte Fassung), in: ders.: Getrockneter Samen im Haar eurer Mütter (faltblattgeschichten 5), Mainz: amanita-verlag, S. 5-11, 1996.

Der Kalmücke, in: ders.: Affenjagd mit Kim Il Sung. Social-Beat-Stories, Berlin: Edition Dead Monkey / Verlag André Henze, S. 16-18, 1997.

Gesichtskontrolle an der Heimatfront, urspr. in: ders.: Köfte, Mainz: amanita-Reihe / Verlag Jens Neumann, S. 7-14, 1999. Ebf. in: Thomas Schweisthal (Hg.): AbgeZockt und Zugenäht. Poems n Storys von nebenan und untendrunter, Regensburg: PO EM PRESS Verlag, S. 91-95, 1999.

Zu Besuch bei den Pfeffersäcken, in: ders.: Affenjagd mit Kim Il Sung. Social-Beat-Stories, Berlin: Edition Dead Monkey / Verlag André Henze, S. 30-39, 1997.

Abschied von Moltke, in: ders.: Affenjagd mit Kim Il Sung. Social-Beat-Stories, Berlin: Edition Dead Monkey / Verlag André Henze, S. 40-46, 1997.

Grundzüge postmoderner deutscher Lyrik, in: ders.: Köfte, Mainz: amanita-Reihe / Verlag Jens Neumann, S. 15-18, 1999.

Traumatischer Verlust der Steuerungsanlage kurz vor dem Einbiegen in die Zielgerade, in: ders.: Köfte, Mainz: amanita-Reihe / Verlag Jens Neumann, S. 61-75, 1999.

Die eiternde Wunde in der Nasenscheidewand des Blockwarts von Gegenüber, in: ders.: Köfte, Mainz: amanita-Reihe / Verlag Jens Neumann, S. 82-85, 1999. Ebf. in: Ko Bylanzky / Rayl Patzak (Hg.): Poetry Slam. Was die Mikrofone halten, Riedstadt: Ariel-Verlag. S. 89-92, 2000.

Verlegen kann der Mensch sein Ich allein, in: Axel Klingenberg / Andreas Reiffer (Hg.): SUBH. Shut up - be happy! greatest hits 1993-2003, Meine: Verlag Andreas Reiffer, S. 172–173, 2003.

Schlüpferstürmen ohne gesellschaftlichen Auftrag, in: Axel Klingenberg / Andreas Reiffer (Hg.): SUBH. Shut up - be happy! greatest hits 1993-2003, Meine: Verlag Andreas Reiffer, S. 174–175, 2003.

Blumfeld: »Verbotene Früchte«, in: Müller/Nuscheler (Hg.): Köpfhörer. Kritik der ungehörten Platten, Duisburg: Verlag für Ton und Text, S. 94–95, 2008.

Wunderbar uneitle Autogrammjäger aus dem Aknetank (über Benjamin Leberts »Crazy«), in: Axel Klingenberg / Andreas Reiffer (Hg.): Schäbige Schriften. Sogenannte Klassiker des 20. Jahrhunderts neu gelesen, Braunschweig: Verlag Andreas Reiffer, S. 37–39, 2002.

Stil ist die Physiognomie des Geistes, in: Jürgen Ploog: Undercover, Braunschweig: German Publishing, 2005.

Die Donnerbalken-Klinik, in: o.Hg.: Einschaltquote: 235 % - Neue Drehbücher für Kultserien und Seifenopern, Meine: Verlag Andreas Reiffer, S. 16–19, 1997.

Flutkatastrophe im Kessel der Enthusiasten. Die Teens in der Braunschweiger Stadthalle, in: Frank Schäfer (Hg.): The boys are back in town. Mein erstes Rockkonzert - ein Lesebuch, Berlin; Schwarzkopf & Schwarzkopf Verlag, S. 121–129, 2000.

Fehmarn-Stabreim-Massaker, in: Michael Schönauer / Joachim Schönauer (Hg.): Social beat, slam! Poetry, Bd. 3, German grand slam: »Freestyle versus slam«, Asperg: Killroy media Verlag, S. 27–31, 2001.

Dynamo Opfergang, in: Andreas Gläser (Hg.): Pauschal ins Paradies, Dresden/Leipzig: Verlag Voland & Quist, S. 58–73, 2007.

Keine Haare am Sack, aber im Substanz »La Paloma« pfeifen, in: Stefan Mirbeth / Ko Bylanzky / Rayl Patzak (Hg.): Slam - Texte aus dem Substanz, München: TN-Verlag, S. 28–29, 1997.

Punkrock - Wachkoma-Patient Zwei Null Null Sieben, in: Pankerknacker, Bd. 18, VS-Weigheim, o.J.

Mein schönstes Force Attack, in: Pankerknacker, Bd. 22, VS-Weigheim, 2009.

German Gemütlichkeit, in: Pankerknacker, Bd. 23, VS-Weigheim, 2010.